U0107892

本书研究获国家科技基础性工作重点专项
"中国儿童青少年心理发育特征调查"项目支持

中国儿童青少年心理发育特征调查系列

中国儿童青少年
心理发育标准化测验简介

主编　董　奇　林崇德

北京师范大学认知神经科学与学习国家重点实验室
中国儿童青少年心理发育特征调查项目组

科学出版社
北　京

内 容 简 介

本书简要介绍了中国儿童青少年心理发育系列标准化测查工具的内容、适用范围、特点、技术指标、计分和结果解释等主要信息。该系列标准化测查工具包括中国儿童青少年认知能力测验简介、中国儿童青少年语文学业成就测验简介、中国儿童青少年数学学业成就测验简介、中国儿童青少年社会适应量表简介、中国儿童青少年成长环境问卷简介共五套。每套测查工具均具有良好的信效度。

本书可方便相关学科研究者、教育和临床医学工作者了解我国首套具有自主知识产权的儿童青少年心理发育标准化测查工具的信息，帮助读者恰当选用有关测验。

图书在版编目（CIP）数据

中国儿童青少年心理发育标准化测验简介／董奇，林崇德主编．—北京：科学出版社，2011

（中国儿童青少年心理发育特征调查系列）

ISBN 978-7-03-030145-1

Ⅰ．①中⋯　Ⅱ．①董⋯ ②林⋯　Ⅲ．①儿童－心理发育－心理测验－简介－中国②青少年－心理发育－心理测验－简介－中国　Ⅳ．①R339.31

中国版本图书馆 CIP 数据核字 (2011) 第 016679 号

丛书策划：林　剑

责任编辑：林　剑／责任校对：张怡君

责任印制：钱玉芬／封面设计：耕者工作室

科 学 出 版 社 出版
北京东黄城根北街 16 号
邮政编码：100717
http://www.sciencep.com

双 青 印 刷 厂 印刷
科学出版社发行　各地新华书店经销

*

2011 年 4 月第　一　版　　开本：787×1092 1/16
2011 年 4 月第一次印刷　　印张：8 1/2　插页：2
印数：1—3 500　　　　　　字数：170 000

定价：**29. 00** 元
（如有印装质量问题，我社负责调换）

中国儿童青少年心理发育特征调查

全国协作组

主持单位　北京师范大学认知神经科学与学习国家重点实验室

参与单位　（按首字笔画排序）

上海师范大学	山东师范大学	山西师范大学	广西师范大学
中央教育科学研究所	中国人民大学	中南大学湘雅三医院	云南师范大学
内蒙古师范大学	天津师范大学	东北师范大学	北京大学
北京师范大学	四川大学华西医院	四川师范大学	四川教育学院
宁波大学	宁夏大学	辽宁师范大学	华中师范大学
华东师范大学	华南师范大学	吉林大学	安徽师范大学
江西师范大学	江苏常州市第一人民医院	西北师范大学	西南大学
西藏大学	苏州大学	河北大学	河北师范大学
河南大学	河南师范大学	郑州大学	陕西师范大学
青海师范大学	首都师范大学	首都医科大学附属北京安定医院	南京师范大学
哈尔滨师范大学	贵州师范大学	徐州师范大学	浙江大学
浙江师范大学	海南师范大学	盐城师范学院	清华大学
湖北教育学院	湖南师范大学	鲁东大学	福建师范大学

项目专家委员会

李朝义　中国科学院神经科学研究所

沈德立　天津师范大学

黄希庭　西南大学

朱　滢　北京大学

吴希如　北京大学第一医院

王玉凤　北京大学医学部

张　力　教育部教育发展研究中心

朱小蔓　中央教育科学研究所

项目首席专家

董　奇　北京师范大学认知神经科学与学习国家重点实验室
林崇德　北京师范大学认知神经科学与学习国家重点实验室

项目办公室

（＊代表负责人）

陶　沙＊　李燕芳＊　罗　良＊　张云运　李佑发　任　萍　赵　晖
温红博　李　添　乔斯冰　李红菊　刘方琳　张国礼　刘争光
尹　伊　赵媛媛　王　麒

指标设计与工具编制工作团队

（＊代表负责人）

认知能力领域

徐　芬＊　董　奇＊　万明钢　王洪礼　邓赐平　石文典　白学军
刘　嘉　阴国恩　李小融　李伟健　李　红　李宏翰　李其维
李燕芳　杨伊生　陈中永　陈英和　罗桑平措　周仁来　周晓林
胡卫平　胡竹菁　钱秀莹　陶　云　陶　沙　舒　华　鲁忠义
游旭群　谭顶良

学业成就领域

辛　涛＊　边玉芳＊　马云鹏　马　复　王嘉毅　史绍典　伍新春
杨　涛　宋乃庆　张庆林　张秋玲　周宗奎　周新林　郑国民
赵　晖　莫　雷　梁　威

社会适应领域

王　耘＊　申继亮＊　金盛华＊　方晓义　王　沛　卢家楣　刘华山
刘艳虹　苏彦捷　李　虹　杨丽珠　连　榕　张大均　张文新
张向葵　张　奇　范春林　罗跃嘉　孟万金　赵国祥　俞国良
骆　方　唐日新　桑　标　彭运石　葛明贵　葛鲁嘉　韩世辉
雷　雳

成长环境领域

邹　泓* 万明钢　白学军　刘华山　杨丽珠　张文新　张向葵
孟万金　金盛华　俞国良　钱秀莹　雷　雳

取样与数据处理工作团队

(*代表负责人)

金勇进* 刘红云* 骆　方　边玉芳　辛　涛　余嘉元　吕　萍
周　骏　谢佳斌　艾小青　孙　欣　刘　文　马文超　王　玥
郭聪颖

数据收集工作团队

(*代表负责人)

全国数据

北　京	边玉芳* 乔树平* 王　耘　申继亮　刘方琳　李佑发　李凌艳
	李燕芳　杨　涛　邹　泓　辛　涛　张云运　张国礼　金盛华
	赵　晖　徐　芬　陶　沙　董　奇
天　津	白学军* 王　芹　魏　玲
河　北	鲁忠义* 赵笑梅　王桂平　贾　宁　石国兴　王德强　陈洪震
	郑新红　刘　丹
	宋耀武* 李宏利* 张　曦　任　磊　秦　忱　郭艳梅　荣太原
山　西	胡卫平* 武宝军　巩彦斌　张士传
内蒙古	杨伊生* 陈中永* 七十三　白乙拉　李　杰　侯　友　左　雪
	钟建军　尹　慧　刘彦泽　李星明　王凤梅　孙　冰
辽　宁	杨丽珠* 张　奇* 刘　文　胡金生　沈　悦　王静鑫　张　黎
吉　林	马云鹏* 姜英杰* 解　书* 王亚玲　张　雷　赵　彬
黑龙江	张守臣* 陈健芷　王佳宁　张修竹　黄　华　徐清刚　马子媛
	申庆良
浙　江	钱秀莹* 夏　琼　管梅娟　黄泽军
	李伟健* 徐长江　孙炳海　康春花　周大根　邓弘钦　姚静静
	李锋盈　李新宇　黄小忠　潘　维
	原献学* 陈　虹　翟昶明
福　建	连　榕* 彭新波　张锦坤　廖友国　郑美娟　何冬锦　黄碧卿

江　苏　谭顶良* 葛海虹 周　琰
　　　　戴斌荣* 李德勇 陈晓红 杨小晶 伏　干 柴　江 李　萍
　　　　杜晓梅 陶亚萍 孟明燕 王晓玲 郁晓鋆 姜　丽 冯　晨
　　　　牛　莎 张志娟
　　　　刘电芝* 丁　芳* 邱晓婷 白新荣
　　　　段作章* 贾林祥* 张新立 胡平正 范　琪

安　徽　姚本先* 葛明贵* 桑青松* 桂守才* 方双虎* 胡荣华 李小平
　　　　韩建涛 邢　宽 张　沛 张廷建

上　海　桑　标* 李其维* 邓赐平* 蔡　丹 陆　洋 肖　颖
　　　　李　丹* 李　鹃

江　西　唐日新* 张　璟 徐淑媛 李　洁 宁雪华 甘　霖 王　玚
　　　　李　妮 高　愈 罗洁琴 郭　琼 李静瑶 王细燕 朱晓宇

湖　北　周宗奎* 刘华山* 范翠英 孙晓军 田　媛 陈雪莲 潘清泉
　　　　李　涛 刘　峰 宋淑娟 韩　磊 平　凡 王　溪 李西玉

山　东　张文新* 纪林芹 徐夫真 常淑敏 田录梅 杨先顺 董会芹
　　　　王姝琼 陈光辉 周利娜 陈　亮
　　　　王惠萍* 杨永宁 滕洪昌 焦丽妃 迟欣阳

河　南　赵俊峰* 蒋艳菊 范丽恒 王　可 务　凯 陈永鑫 苏月东
　　　　马红灿 张　雷 李　琰 黄　静 高　博
　　　　李西营* 安　蕾 李德俊 魏俊彪 姚雪梅 王淑敏 高　莉
　　　　李佩云 刘俊清 王　杰 李妍妍 李　玉 周　炎
　　　　葛　操* 申景玉 罗琳伟 张童童 石翌彤

湖　南　彭运石* 肖丽辉 莫　文 刘邦春 冯永辉 周海波 孟　娟

广　东　莫　雷* 郑海燕 范　方 刘志雅 胡　诚 马丽娜 李翔宇
　　　　郭艳彪 代维祝 郭乃蕊 范　梦 曹国旺

广　西　李宏翰* 杨晓玲 谢履羽 林芳芳 宋庆兰 龙　艳

海　南　肖少北* 陈丽兰 袁晓琳 刘丽琼 刘海燕 刘　宁 肖　洒
　　　　陈　园

重　庆　张大均* 陈　旭* 江　琦 刘衍玲 王　钢 陈　良 龚　务
　　　　王　磊 瞿　斌 易雯静 赵　欣 安晓鹏

四　川　李小融* 卢　雄 杨　柯 刘延金 高启明 张建国 江巧林

	范春林*	高　艳	万　娟	郑　旭	易　思		
贵　州	王洪礼*	赵守盈*	吴　红	封周奇	季开瑞	庞超波	周绮蔼
	谢其利	张鸿翼	徐　波	吕红云	龙　女	刘苏姣	臧运洪
	杨向宏	薛　雯					
云　南	陶　云*	佟　华	马禄娟	冯慧聪	张晓霞	刘　玲	陈　红
	朱　红	马　谐					
西　藏	罗桑平措*	马海林	孙国健	陈俞廷			
陕　西	游旭群*	王振宏	关　荐	吕庆艳	王克静	王昱文	胡贝妮
甘　肃	万明钢*	周爱保*	李建升*	李　玲*	刘海健*	马书采	赵国军
	高立娜	毛　瑞	谢远俊	赵　鑫	钟玉芳		
青　海	李美华*	赵慧莉*	谢　金	罗成山	刘　蓬		
宁　夏	石文典*	杨丽恒	茹学萍	聂　昕	吴晓庆		
新　疆	贾德梅*	王晓峰	姜耀祥	夏　贫	李　喜	吕　乐	孙　涛
	孟凡丽	闻素霞	贾　苑	刘红茹	卢雪娇	赛发青	张晓莉
	张征宇	杨　荣	孙立红	高立新	高　玲	李建生	黄巧丽
	刘　娟	牛　艳	贾海涛	王　蜀	余　玲	陈　炜	邹　洁
	茹　昕						

临床数据

北　京	郑　毅*	崔永华*	刘　靖	梁月竹	贾军朴	贾美香	孙　黎
	黄环环	戚艳杰	闫秀萍	何　凡	陈　旭	陈　敏	周玉明
	张之霞						
湖　南	袁　洪*	邓云龙*	黄志军	杨婷婷	管冰清	章晨晨	舒二利
	伍　妍	周甄会	张玉桃	鲁超群	谭素芬	姚　瑞	张　卓
	魏吉槐	郭　锋	何浩宇	芦　茜	杜　霞	翁春艳	
江　苏	董　选*	王苏弘	王瑞文	杨书悦	任艳玲	王永清	蔡　婧
	邵　莲	吴雅琪	蒋春芬	华　青	糜泽民	张毅力	曹　健
	杨志龙	马　岭	李洪建	舒京平	王　舟	芮　筠	
四　川	张　伟*	邱昌建*	孟雅婧	朱鸿儒	武瑞芝	田美蓉	宋文洁
	罗宇鹏	吴　嘉	冯　毅	黄明金	蔡留芸	巢　雨	杨凯旋
	何亚荣	黄美贞	李淑婧				

项目咨询专家团队

车宏生　冯伯麟　刘衍红　许　燕　陈会昌　陈传升　胡平平

谢小庆　韩　宁　臧铁军

全国共有来自 52 所高校和研究机构的 1698 名博士研究生、硕士研究生参与了项目的指标与工具设计、数据收集、数据库建设、数据分析与报告撰写等工作，具体名单请见项目数据信息平台（网址：www. cddata-china. org；中国儿童青少年心理发育数据信息平台 . com）。

总　　序

　　人口素质是一个国家、民族最重要的资源。未来几十年国家的人口素质在相当大程度上系于今天儿童青少年的发育状况。我国正处在经济社会迅速发展变革的时期，儿童青少年的心理健康与综合素质发展面临诸多挑战。为客观认识全国数以亿计儿童青少年的心理发育状况，摸清各种心理行为问题的数量与分布特征等情况，把握未来最重要的国情，必须获得准确、客观、全面、系统的科学数据。

　　北京师范大学认知神经科学与学习国家重点实验室董奇、林崇德教授主持完成的国家科技基础性工作重点专项"中国儿童青少年心理发育特征调查"是我国第一项关于全国儿童青少年心理发育特点的大型研究。这项研究汇集了代表全国心理学、特别是发展心理学最高水平的专家队伍，基于国内外相关研究的最新进展，按照严谨规范的程序开展研究，实施严格的质量控制，高质量地完成了研究工作，第一次获取了全国31个省（自治区、直辖市）近10万名6~15岁儿童青少年的心理发育特征数据，为摸清全国儿童青少年心理发育的状况、支撑相关学科研究创新和国家政策制定作出了重要贡献。

　　这项研究除积累了重要科学数据，还在儿童青少年心理发育的指标体系、标准化工具、全国代表性常模、数据共享方面取得了一系列重要成果，填补了我国在儿童青少年心理发育指标体系构建、具有自主知识产权的心理发育测量工具方面的多项空白，第一次提供了6~15岁儿童青少年心理发育的科学标准，并首次实现了我国在心理学数据上的全面、深度共享。

这些成果不仅得到了国内外同行的高度认可，而且已经在国家和地方基础教育质量监测中得到大面积应用，为《国家中长期教育改革和发展规划纲要（2010—2020）》等重要政策的制定等提供了咨询，充分体现了科学研究满足国家重大需求的价值。

希望这些成果能够在科学研究、教育和医学临床实践、政策咨询等领域发挥更大作用，满足落实《国家中长期教育改革和发展规划纲要（2010—2020）》、提高人口素质、推进人才强国战略的迫切需要。也希望北京师范大学"认知神经科学与学习"国家重点实验室和全国专家继续努力，大力推进已有成果的转化应用，拓展研究领域，开展对其他年龄段儿童青少年心理发育的系统研究，为我国亿万儿童青少年的健康发展、为国家人口的素质提高持续提供科学理论、数据和关键技术的支撑。

中国科学院院士

徐冠华

2010 年 10 月

序

儿童青少年综合素质的高低直接关系到一个国家未来的人口素质、综合国力和国际竞争力。关注儿童青少年的健康发展，不仅要关注他们的身体健康，更要重视其心理健康。在国际上，自20世纪七八十年代开始，美国、英国、加拿大、澳大利亚等发达国家就从国家竞争的战略需要出发，采取政府投入、设置专门机构、整合多学科力量等多种措施，相继开展了多项针对儿童青少年心理发展的全国性、持续追踪的大型基础研究，建立了一系列关于自己国家儿童青少年心理发育特征的国家级数据库，并将这些数据用于促进本国儿童综合发展、各种生理心理障碍诊断、教育质量评估、国家政策制定等重要工作中。与此形成鲜明对比的是，我国尽管拥有世界上数量最多的儿童青少年，但目前还没有针对全国儿童青少年心理发育状况的代表性研究，尚未建立儿童青少年心理发育的国家基础数据库，这严重阻碍了对我国儿童青少年心理发育状况的全面认识，对各种心理行为障碍的预防和诊断，难以为教育发展、临床实践、国家政策制定等提供支持和参考。

进入21世纪以来，我国政府从建设人力资源强国的高度出发，加大了对儿童青少年心理发育研究的重视。在此背景下，2006年，科学技术部部署了由北京师范大学"认知神经科学与学习"国家重点实验室牵头，全国52所高校和临床研究机构参加的国家科技基础性工作重点专项"中国儿童青少年心理发育特征调查"项目。这是我国迄今为止第一项全国性的儿童青少年心理发育调查研究。

为了保证项目设计实施的科学性、权威性和全国代表性，我们组建了代表我国当前儿童青少年心理研究最高水平的跨学科研究团队和国内外咨询团队，精心选择认知能力、学业成就、社会适应、成长环境等儿童青少年阶段的重要发展领域，在我国首次实施全国代表性取样，收集了全国31个省（自治区、直辖市）100 个区县的 95 765 名 6～15 岁儿童青少年及其抚养人的系统、全面的数据，并收集了 1080 名临床样本的数据，并遵循国际大型数据库建设标准和规范，对全国数据进行了高质量的清理、合成，以及多层面的总结、分析和数据挖掘。

经过 4 年的时间，在全国近 300 位专家、1600 多名研究生的共同努力下，项目取得了以下重要成果：

第一，建立了我国第一套反映我国儿童青少年心理发育关键特征的多级指标体系，研制完成了具有自主知识产权、信效度良好、适合我国国情的成套系列标准化测查工具。这些指标体系和工具将为相关领域开展研究、教育质量评估、相关政策制定等提供框架和方法。

第二，基于全国数据，建立了我国第一套具有全国代表性的 6～15 岁儿童青少年各项心理发育特征常模，并具体构建了年龄/年级常模、性别常模、地区常模、城乡常模等亚型。该套常模涉及丰富的儿童发展变量，所采用的建构程序和方法充分体现了国内外常模研究领域的最新进展，并通过多种分数类型和表现方式呈现，能够适应不同领域、不同层面人员的需求。作为我国第一套全国代表性常模，将为理解儿童青少年心理发育的总体趋势、群体差异，为进行全国性、区域性儿童青少年认知、学业和社会适应发展水平的评估提供科学标准。

第三，建成了我国第一套具有全国、区域和城乡代表性的儿童青少年心理发展的大型基础数据库，并搭建了我国首个儿童青少年心理发育数据的共享平台，实现了数据的充分共享，为使用者提供高质量的使用指导和反馈服务。数据库和共享平台的建成和开放使用，弥补了我国在儿童青少年心理发育领域尚无公益共享基础数据库的空白，可为相关领域研究者开展研究提供科学、系统、权威的数据，为政府相关部门制定重要决策提供科学实证依据。

项目形成的以上成果已经用于相关学科研究、地区教育质量监测以及政府政策咨询中，得到了国内外专家学者的高度关注和认可。

为充分反映上述成果，并促使有关成果得到更大范围的了解和使用，我们特编撰出版了本系列著作，对"中国儿童青少年心理发育特征调查"项目的设计思路、实施路线、主要成果、研究发现等进行全面总结。整个系列共包括以下5部著作。

《当代中国儿童青少年心理发育特征——中国儿童青少年心理发育特征调查项目总报告》，从总体上描述项目的研究目标、研究内容、实施步骤与质量控制、主要成果以及各领域的主要研究发现等。

《中国6~15岁儿童青少年心理发育关键指标与测评》，本书结合国内外关于儿童青少年心理发育指标和测评的最新研究进展，系统总结了项目构建的我国第一套6~15岁儿童青少年心理发育多级指标体系和系列工具的选择依据和论证过程。

《中国儿童青少年心理发育特征调查项目技术报告》，从项目测查工具的设计与开发、抽样设计及实施、抽样权重和误差、数据收集及其质量控制、编码评分及录入、数据清理等多方面系统、翔实地描述了项目各项工作的研究方法、技术指标和质量控制，这也是我国出版的第一本基于大型调查研究的技术报告。

《中国6~15岁儿童青少年心理发育数据库手册》，详细描述了项目系列基础数据库的建设过程、数据库的内容和使用方法，这是我国第一部公开发行的大型基础数据库使用手册。

《中国儿童青少年心理发育标准化测验简介》，介绍了项目研发或修订的各标准化测查工具的内容、适用范围、特点、技术指标、计分和结果解释等重要信息。

除上述公开出版发行的著作外，本项目还有《中国儿童青少年心理发育系列标准化测验》和《中国儿童青少年心理发育常模》，可通过一定申请程序获得使用。儿童青少年心理发育系列测验包括《中国儿童青少年认知能力测验》、《中国儿童青少年语文学业成就测验》、《中国儿童青少年数学学业成就测验》、《儿童青少年社会适应量表》和《儿童青少年成长环境量表》五个工具包，每个测验单独成册，以方便各领域研究者了解和使用。心理发育特征常模包括《中国儿童青少年认知能力发展常模》、《中国儿童青少年学业成就常模》和《中国儿童青少年社会适应常模》。

本套系列著作是集体智慧的结晶。每一本著作的选题、撰写、修改和审读过程都是在全国各领域专家的亲自执笔、循环审读、反复讨论和修改下完成的。我们希望该系列著作能为心理学、教育学、认知神经科学、社会学、儿科医学等各学科研究者开展儿童青少年心理发育方面的相关研究，为教育和临床医学实践工作，为国家相关部门政策制定等提供重要信息和参考。

值此系列著作出版之际，我们也想借此机会向为整个项目提供大力支持的科学技术部、教育部以及各级各类教育行政部门表示感谢！还要特别向参与本项目的全国 31 个省（自治区、直辖市）的 52 所高校、研究机构和医院给予的大力支持，以及这些机构的近 300 位专家、1600 多名研究生付出的心血和汗水表示衷心的感谢！还要感谢全国将近 10 万名参与调查的儿童青少年及其抚养人，他们的支持、参与和付出是我们获取高质量数据的重要基础！

由于整套系列著作涉及的内容非常广、参加人员也较多，限于编者的水平，系列著作中难免存在不足之处，敬请各位读者、各领域专家批评和指正。衷心希望本套系列著作的出版能为我国心理学、教育学、认知神经科学、儿科医学等多学科的发展，以及我国亿万儿童青少年的健康成长起到重要的促进作用！

董 奇 林崇德

2010 年 10 月

前　言

　　标准化工具是评估儿童青少年心理发育状况的重要手段。我国长期缺乏适合本国国情、能准确测量我国儿童青少年心理发育特点的标准化测查工具。这种不足严重阻碍了对我国儿童青少年心理发展状况的客观、有效评估。因此，我国亟待研制适合国情、考察指标全面、常模样本代表性好、解释系统全面的儿童青少年心理发育标准化测查工具。

　　"中国 6～15 岁儿童青少年心理发育特征调查项目"将儿童青少年心理发育标准化测查工具作为重要的研究内容之一，在全国组建了 98 个工具编制组，共提交工具和论证报告 207 套，形成了数千条题目的题库。在此基础上，组织全国专家经过百余次研讨，并进一步组织了 4 次不同规模约 2 万余人次的全国预试以及基于正常和临床样本的信效度研究，对题目进行选择和修订，保证所研制的系列工具具有良好的内部一致性信度、再测信度、结构效度、临床区分效度和效标关联效度。此外，项目还建构了该系列工具的全国、城乡和区域代表性常模，将为相关学科研究者、教育和临床医学工作者使用该系列工具开展研究提供标准和参照。

　　中国 6～15 岁儿童青少年心理发育系列标准化测查工具是我国第一套具有自主知识产权、适合我国国情的标准化测查工具，其中，认知能力测验创造性地实现了对多模块认知能力的团体测查；语文和数学学业成就测验作为我国第一套基于国家课程标准的学业成就测验，解决了全国各地教材多样、难以进行学业成就比较的难题，也解决了测查内容多、学生测试负担重的问题；社会适应和成长环境问卷所涉及的测查内容丰富、典型，既可成套使用，也可单个量表单独使用，简便易行。总的来说，本套标准化测查工具所测各领域特征对于儿童青少年的学习生活具有重要意义；测验难度和区分度的设置可反映年龄间、亚群体间以及个体间差异，具有敏感性；测验内容和材料的设计紧扣我国不同地区、城乡儿童青少年的生活背景和经验，保证了文化公平性；各领域的工具均可集体施测，简便、易行，适用性强。

　　本套工具可用于教育质量监测、儿童心理健康评估和临床医疗诊断等。相关科研人员、教育工作者、临床工作者可以登录中国儿童青少年心理发育数据信息平台（网址：www. cddata-china. org；中国儿童青少年心理发育数据信息平台 . com）提出工具使用申请。

目　　录

第1章 中国儿童青少年认知能力测验简介

认知能力的发展是儿童心理发展中一个非常重要的内容与主题。儿童早期认知能力的发展是其学习与后继发展的基础。认知能力涉及感知觉、注意、记忆、表象、思维和语言等方面的内容，鉴于测验时间和测查方式上的限制，经论证，本套认知能力测验由注意能力测验、记忆能力测验、视知觉－空间能力测验与推理能力测验四部分组成。测查对象为 6 ~ 15 岁的中国儿童青少年。可在 90 分钟内，以团体形式（纸笔测验或计算机化测验）考查儿童青少年注意能力、记忆能力、视知觉－空间能力、推理能力等重要认知能力上的发展水平或状况。

1.1 测 验 内 容

1.1.1 注意能力测验

注意能力测验由一个分测验构成，即选择性注意能力测验，它是通过划消任务进行测查的。划消任务以数字和短线作为刺激材料，要求儿童在限定时间内划去既定的目标刺激。该测验主要考查儿童青少年在同时呈现的两种或两种以上的刺激中选择一种进行注意而忽略或抑制无关刺激的能力。

1.1.2 记忆能力测验

记忆能力测验由短时记忆能力分测验和长时记忆能力分测验（也称为即时记忆能力分测验和延时记忆能力分测验）两个分测验构成，分别测查短时记忆与长时记忆能力。每个分测验均包括视觉数字再认与配对联想学习再认两类任务。因此，记忆能力测验一共包括四个任务，即视觉数字即时再认任务、视觉数字延时再认任务、配对联想学习即时再认任务、配对联想学习延时再认任务。

视觉数字再认任务包含识记和测验两个阶段。识记阶段在限定时间内给被试呈现一系列 2~4 位的数字，测验阶段同时呈现学习过的目标数字和同样数量的未学过的干扰数字，要求被试在限定时间内选择出识记过的数字。视觉数字的即时再认要求被试在学完后立即进入测验阶段，延时再认则要在学完后半小时才进入测验阶段。该任务以项目再认的方式来测查儿童青少年短时记忆容量和长时记忆的提取能力。

配对联想学习再认任务包含学习和测试两个阶段，学习与记忆的是一系列成对呈现的刺激，每对刺激包括一张实物图片和一个几何图形。在学习阶段，将一系列刺激成对地呈现给被试，要求被试记住这两个刺激的配对，即在实物图片与几何图形之间建立联系；在测验阶段，系列呈现每个刺激（实物图片）和四个备选答案（几何图形），让被试在限定时间内，从备选答案中选择出与实物图片相配对的那个几何图形。配对联想学习的即时再认要求被试在学完后立即进入测验阶段，延时再认则要在学完后半小时才进入测验阶段。该任务的重点在于通过建立两个刺激之间的联系，考查被试联想学习的记忆能力，这种记忆更接近于日常的学习过程。

记忆不仅可以从长时和短时这一维度进行区分，不同的记忆内容或任务范式也可能是区分记忆的维度。例如，一些成套记忆测验的因素分析结果发现，不同的记忆内容或者任务范式似乎测量了不同的记忆（Horton，2000；程灶火等，2003）。因此，记忆能力测验的四个任务，除了测查短时记忆和长时记忆能力外，也可以从不同的识记材料和识记方式的角度，分为视觉数字记忆能力分测验与配对联想学习能力分测验，即测查视觉数字记忆能力和配对联想学习能力。

1.1.3 视知觉－空间能力测验

视知觉－空间能力测验由两个分测验构成，分别为视知觉－空间表征能力分测验和空间关系知觉能力分测验。其中，视知觉－空间表征能力分测验通过隐蔽图形任务来测查，空间关系知觉能力分测验通过心理旋转任务来测查。

隐蔽图形任务采用规则和不规则几何图形作为刺激，要求被试在限定时间内，从 4 个图形中找出 1 个没有在目标图形中出现过的图形。该任务被认为是一种经典的视知觉 – 空间表征能力测量范式，考查的是个体从复杂的背景和环境中抽取出目标图形的能力。除此之外，该任务也反映了个体的图形 – 背景知觉能力。

心理旋转任务采用二维有意义和无意义图形以及三维 S- M 立方体图形作为刺激材料，要求被试在限定时间内，从 4 个图形中找出 1 个由目标图形"转"一下之后得到的图形。该任务考察的是个体在头脑中将某个图形的表象做平面或立体转动的心理操作能力。

1.1.4 推理能力测验

推理能力测验由两个分测验构成，即类比推理能力分测验和归纳推理能力分测验，所用的刺激包括数字与图形两种类型。其中，类比推理能力分测验由两个任务组成，即数字类比推理任务和图形类比推理任务，而归纳推理能力分测验是通过图形序列推理任务测查的。

数字类比推理任务以数字作为刺激材料，采用经典的类比推理任务范式，给被试呈现 [A→B、C→D、E→?]，其中 A、B、C、D 和 E 为已知的数项，要求被试从 4 个备选答案中选出 1 个合适的选项。该任务考查的是个体发现已知数字间的关系并类推出未知数字的能力。

图形类比推理任务以几何图形作为刺激材料，采用经典的类比推理任务范式及其扩展范式，呈现 [A 图-B 图、C 图-?] 或 [A 图-B 图-C 图]、[D 图-E 图-?]，要求被试从 4 个备选答案中选出 1 个合适的选项。该任务考察的是个体发现已知图形间的关系并类推出未知图形的能力。

图形序列推理任务以几何图形作为刺激材料，给被试呈现 [A 图- B 图-C 图-D图-?]，这些图形按照一定的规律变化，要求被试根据这种变化规律从 4 个备选答案中选出 1 个接下来可能出现的图形。该任务考查的是个体通过对一系列刺激进行逐个比较，找出刺激之间的相似之处和不同之处，进而推测规律，并运用这种规律的能力。

1.2 测验对象及方式

本测验的测查对象为 6~15 岁的中国儿童青少年，测试时间为 90 分钟。

本测验为纸笔测验，由学生本人作答，需要把答案填写在答题本上。本测验既可用于大规模团体施测，也可用于个体施测。

1.3 常模的建立

1.3.1 认知能力测验常模的制定

认知能力测验常模采用连续常模法，该方法采用曲线拟合技术，根据认知能力发展的趋势和样本数据导出理论总体分布。然后，用理论总体分布导出分测验的初始量表分数。认知能力测验分别以年龄、性别、区域、城乡为单位，共建立四种常模。其中，年龄常模即在 6~15 岁，以 6 岁 0 个月为起点，每 6 个月为一组（例如 6 岁 0 个月到 6 岁 5 个月为一组）建立常模。性别常模即建立男、女两类常模。区域常模即参照中国人民大学 2007 年 12 月 26 日公布的"2007 中国发展指数"，将全国 31 个省（自治区、直辖市，港、澳、台地区除外）划分为综合发展水平相互区别的四大类别，针对四大区域类别分别建立常模。城乡常模即针对城市、县镇和农村分别建立常模。测验任务、分测验和各认知能力测验分数均属正态分布的标准分数，但其采用的平均数和标准差不完全相同。其中，测验任务层面和分测验层面的平均数和标准差为 10 和 3（即合成 Q20 分数），认知能力各领域测验分数和认知能力总测验分数层面的平均数和标准差为 100 和 15（即合成智商分数）。除了常模分数，还输出个体在测验任务上的 Q20 分数和百分等级数、分测验上的 Q20 分数和百分等级数以及各认知能力测验分数上的智商分数和百分等级数。

1.3.2　认知能力测验中各领域常模的制定

（1）注意能力测验常模的制定

由于注意能力测验只有一个任务，所以注意能力测验的常模数据在任务层面、分测验层面和认知能力测验层面上是一样的，但为了便于认知能力各任务或分测验在各个层面上进行直接比较，注意能力测验仍建立以下三个层面的常模：

1）任务层面：划消任务分数，即划消任务4道题的总分。分数输出包括两种形式：Q20分数和百分等级数。

2）分测验层面：选择性注意能力分数，即划消任务4道题的总分。分数输出包括两种形式：Q20分数和百分等级数。

3）注意能力测验层面：注意能力分数，即划消任务4道题的总分。分数输出包括两种形式：智商分数和百分等级数。

（2）记忆能力测验常模的制定

记忆能力测验的常模包括以下三个层面。

1）任务层面：包括视觉数字即时再认分数、视觉数字延时再认分数、配对联想学习即时再认分数和配对联想学习延时再认分数。分数输出包括两种形式：Q20分数和百分等级数。

2）分测验层面：包括短时记忆能力分测验分数（由视觉数字即时再认分数和配对联想学习即时再认分数的Q20分数加和后，再经过标准化得到）和长时记忆能力分测验分数（由视觉数字延时再认分数和配对联想学习延时再认分数的Q20分数加和后，再经过标准化得到）。另外，考虑到视觉数字记忆与配对联想学习在学习材料性质以及学习方式上的差异，还计算了视觉数字记忆能力分测验分数（由视觉数字即时再认分数和视觉数字延时再认分数的Q20分数加和后，再经过标准化得到）和配对联想学习能力分测验分数（由配对联想学习即时再认分数和配对联想学习延时再认分数的Q20分数加和后，再经过标准化得到）。分数输出包括两种形式：Q20分数和百分等级数。

3）记忆能力测验层面：记忆能力分数，由短时记忆能力和长时记忆能力分数的Q20分数加和后，再经过标准化得到。分数输出包括两种形式：智商分数和百分等级数。

（3）视知觉－空间测验常模的制定

由于视知觉－空间能力测验的两个分测验上都只有一个任务，所以该测验的常模数据在任务层面、分测验层面上是一样的，但为了便于认知能力各任务或分测验在各个层面上进行直接比较，视知觉－空间能力测验仍建立以下三个层面的常模。

1）任务层面：包括隐蔽图形任务分数和心理旋转任务分数。分数输出包括两种形式：Q20 分数和百分等级数。

2）分测验层面：包括视知觉－空间表征能力分测验分数（即任务层面上的隐蔽图形任务分数）和空间关系知觉能力分测验分数（即任务层面上的心理旋转任务分数）。分数输出包括两种形式：Q20 分数和百分等级数。

3）视知觉－空间能力测验层面：视知觉－空间能力分数，由视知觉－空间表征能力和空间关系知觉能力分数的 Q20 分数加和后，再进行标准化得到。分数输出包括两种形式：智商分数和百分等级数。

（4）推理测验常模的制定

推理能力测验的常模包括以下三个层面。

1）任务层面：包括数字类比推理分数、图形类比推理分数与图形序列推理分数。分数输出包括两种形式：Q20 分数和百分等级数。

2）分测验层面：包括归纳推理能力分测验分数（即任务层面上的图形序列任务分数）；类比推理能力分测验分数（由数字类比和图形类比任务分数的 Q20 分数加和后再标准化得到）。分数输出包括两种形式：Q20 分数和百分等级数。

3）推理能力测验层面：推理能力分数，由归纳推理能力和类比推理能力分数的 Q20 分数加和后再进行标准化得到。分数输出包括两种形式：智商分数和百分等级数。

1.4　认知能力测验的技术指标

1.4.1　认知能力测验的信度

（1）内部一致性信度

内部一致性信度采用克隆巴赫 α 系数，在题目层面上通过常模样本计算得到。表1-1列出了认知能力测验各任务层面的内部一致性系数。

表1-1 认知能力测验各任务的内部一致性系数

任 务	内部一致性系数	N
划消	0.94	35 906
配对联想学习即时再认	0.81	35 575
配对联想学习延时再认	0.74	35 829
视觉数字即时再认	—	—
视觉数字延时再认	—	—
隐蔽图形	0.74	35 784
心理旋转	0.77	35 894
数字类比推理	0.86	35 890
图形类比推理	0.77	35 917
图形序列推理	0.74	35 912

注：①N为有效样本量，以下各表同；②视觉数字再认任务的题目形式不适合做内部一致性信度的计算；③有效样本量是指该任务在题目层面删除了缺失值之后的样本量

（2）再测信度

再测信度研究的样本取自北京地区4个学校的120名被试，其中各个任务上的有效被试为114～119名。被试分布在7岁、9岁和11岁三个年龄段，平均年龄为10.49岁。两次测验之间间隔30天。表1-2列出了再测样本前后两次测验间的相关系数（即再测信度）。

表1-2 各任务、各分测验及各认知能力测验的再测信度

各任务/各分测验/各认知能力测验	再测信度	N
划消	0.90	118
视觉数字即时再认	0.66	117
视觉数字延时再认	0.53	117
配对联想学习即时再认	0.68	117

各任务/各分测验/各认知能力测验	再测信度	N
配对联想学习延时再认	0.62	117
隐蔽图形	0.70	119
心理旋转	0.70	119
数字类比推理	0.83	114
图形类比推理	0.72	114
图形序列推理	0.65	114
选择性注意能力	0.90	118
短时记忆能力	0.78	117
长时记忆能力	0.66	117
视觉数字记忆能力	0.68	117
配对联想学习能力	0.72	117
视知觉－空间表征能力	0.70	119
空间关系知觉能力	0.70	119
类比推理能力	0.80	114
归纳推理能力	0.65	114
注意能力	0.90	118
记忆能力	0.77	116
视知觉－空间能力	0.78	119
推理能力	0.87	114

如表 1-2 所示，认知能力测验的分数在经过一段时间后仍具有相当的稳定性，表明测验具有较好的再测信度。

1.4.2　认知能力测验的效度

（1）结构效度

1）测验及合成分数的内部相关系数见表 1-3。

表1-3 各任务、各分测验及各认知能力测验的皮尔逊相关系数($N=35\ 893$)

各任务/各分测验/各认知能力测验	1	2	3	4	5	6	7	8	9	10	11	12	13	14	15	16	17	18	19	20	21	22	23	24
视觉数字即时再认	—																							
视觉数字延时再认	0.68	—																						
配对联想学习即时再认	0.47	0.43	—																					
配对联想学习延时再认	0.41	0.38	0.77	—																				
划消	0.52	0.49	0.51	0.44	—																			
隐藏图形	0.50	0.46	0.54	0.48	0.63	—																		
心理旋转	0.39	0.37	0.43	0.39	0.51	0.57	—																	
数字类比推理	0.55	0.50	0.56	0.50	0.65	0.69	0.58	—																
图形类比推理	0.49	0.46	0.53	0.50	0.60	0.66	0.58	0.73	—															
图形序列推理	0.46	0.43	0.49	0.45	0.57	0.61	0.55	0.69	0.70	—														
短时记忆能力	0.86	0.65	0.86	0.68	0.60	0.61	0.48	0.64	0.59	0.56	—													
长时记忆能力	0.66	0.83	0.72	0.83	0.56	0.57	0.46	0.61	0.58	0.53	0.80	—												
视觉数字记忆能力	0.92	0.92	0.49	0.43	0.55	0.53	0.41	0.57	0.52	0.48	0.82	0.81	—											
配对联想学习记忆能力	0.47	0.43	0.94	0.94	0.51	0.54	0.43	0.56	0.55	0.50	0.82	0.82	0.49	—										
选择性注意能力	0.52	0.49	0.51	0.44	0.89	0.63	0.51	0.65	0.60	0.57	0.60	0.56	0.55	0.51	—									
视知觉-空间表征能力	0.50	0.46	0.54	0.48	0.57	0.89	0.57	0.69	0.66	0.61	0.61	0.57	0.53	0.54	0.63	—								
空间关系知觉能力	0.39	0.37	0.43	0.39	0.51	0.57	0.89	0.58	0.58	0.55	0.48	0.46	0.41	0.43	0.51	0.57	—							
归纳推理能力	0.46	0.43	0.49	0.45	0.57	0.61	0.55	0.69	0.70	0.89	0.56	0.53	0.48	0.50	0.57	0.61	0.55	—						
类比推理能力	0.55	0.51	0.55	0.49	0.64	0.67	0.63	0.89	0.94	0.72	0.61	0.62	0.57	0.59	0.67	0.72	0.63	0.65	—					
记忆能力	0.80	0.78	0.83	0.80	0.61	0.62	0.50	0.66	0.62	0.57	0.95	0.95	0.86	0.87	0.68	0.73	0.62	0.57	0.69	—				
注意能力	0.52	0.49	0.51	0.44	0.89	0.63	0.50	0.65	0.60	0.57	0.60	0.56	0.55	0.51	0.94	0.62	0.49	0.57	0.57	0.61	—			
视知觉-空间能力	0.50	0.47	0.49	0.53	0.67	0.89	0.72	0.72	0.70	0.65	0.65	0.62	0.57	0.59	0.67	0.94	0.63	0.65	0.67	0.72	0.67	—		
推理能力	0.55	0.51	0.58	0.65	0.73	0.82	0.73	0.87	0.87	0.84	0.65	0.62	0.57	0.59	0.85	0.72	0.63	0.79	0.94	0.84	0.76	0.85	—	
认知能力	0.69	0.65	0.71	0.65	0.85	0.82	0.73	0.84	0.81	0.79	0.82	0.78	0.73	0.73	0.85	0.82	0.73	0.73	0.89	0.85	0.76	0.88	0.90	—

注:N为有效样本量,是指在任务层面和分测验层面对缺失值进行插补之后的样本量

2）验证性因素分析结果。根据认知能力测验编制时所建立的指标体系，采用常模样本对认知能力测验进行了验证性因素分析，结果表明，认知能力测验具有良好的结构效度。具体结果见表 1-4 和图 1-1。

表 1-4　认知能力测验验证性因素分析模型拟合度指数

模　型	χ^2	df	χ^2/df	CFI	TLI	RMSEA	N
认知能力测验	379.20	9	59.59	1.00	1.00	0.03	35 897

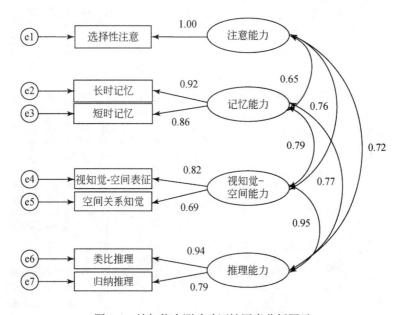

图 1-1　认知能力测验验证性因素分析图示

（2）效标关联效度

1）注意能力测验。注意能力测验所选的效标包括 d2 测验（d2 Test of Attention）和韦氏儿童智力量表第四版（WISC-Ⅳ）中的划消分测验。d2 测验是国际上广为使用的注意能力测验，它主要考察个体的选择性注意能力（Brickenkamp et al.，1998），但也有研究者用该测验来测查个体的稳定性注意能力（Buehner et al.，2006；Krumm et al.，2008）。WISC-Ⅳ中的划消分测验是加工速度分量表中的替代分测验，但由于该测验采用了典型的划消任务，所以在一定程度上也测查了个体的选择性注意能力（张厚粲，2008），因此也把它作为注意能力测验的效标。表 1-5 列出了注意能力测验与两个效标测验的相关，均存在较高程度的相关。

表 1-5　注意能力测验的效标效度（$N = 114$）

	d2 Test of Attention	WISC-Ⅳ 划消任务
注意能力测验	0.87[**]	0.72[**]

** 表示在 0.01 水平上显著，下同

2）记忆能力测验。记忆能力测验所选的效标包括韦氏记忆量表中国修订版（WMS-RC）中的联想学习任务和视觉再认任务，以及 WISC-Ⅳ 中的背数分测验、字母 – 数字排序分测验和工作记忆合成分数。

WMS-RC 是由龚耀先等主持修订的目前国内比较常用的记忆成套测验。其中，联想学习分测验以双字词作为刺激材料，采用配对联想学习的任务形式对记忆进行测量；视觉再认分测验以图片（包括实物图片、汉字、符号等类型）作为刺激材料，采用视觉再认的形式对记忆进行测量。这两个分测验在内容和任务形式上与本项目记忆能力测验接近，故选取它们作为效标。另外，WISC-Ⅳ 中背数分测验、字母 – 数字排序分测验采用回忆的方式对工作记忆广度进行了测量，这种工作记忆广度任务在一些研究中也被作为短时记忆广度任务（Engle et al.，1999；Cantor et al.，1991；Colom et al.，2005），故也将这两个分测验及它们的工作记忆合成分数作为本记忆能力测验的效标。表 1-6 列出了记忆能力测验中各任务、各分测验和记忆能力分数与效标之间的相关。由表 1-6 可以看出，记忆测验与 WISC-Ⅳ 的背数和字母 – 数字排序分测验及合成工作记忆分数存在中等程度的相关，但与 WMS-RC 中的联想学习和视觉再认两个分测验的相关较低，主要原因可能是 WMS-RC 中的这两个分测验难度较低，整个样本在这两个分测验上的得分呈负偏态分布（尤其是在韦氏视觉再认这一分测验上，即使是二年级学生，得分率也达到 73%，五、八年级学生的得分率更是高达 90% 和 93%）。

表 1-6　记忆能力测验的效标效度（$N = 110$）

任务/分测验	WMS-RC 联想学习	WMS-RC 视觉再认	WISC-Ⅳ 背数	WISC-Ⅳ 字母 – 数字排序	WISC-Ⅳ 工作记忆
视觉数字即时再认	0.39[**]	0.37[**]	0.43[**]	0.51[**]	0.53[**]
视觉数字延时再认	0.34[**]	0.37[**]	0.36[**]	0.51[**]	0.50[**]
配对联想学习即时再认	0.43[**]	0.22[*]	0.38[**]	0.43[**]	0.46[**]
配对联想学习延时再认	0.22[*]	0.18	0.40[**]	0.34[**]	0.42[**]

续表

任务/分测验	WMS-RC 联想学习	WMS-RC 视觉再认	WISC-Ⅳ 背数	WISC-Ⅳ字母 – 数字排序	WISC-Ⅳ 工作记忆
短时记忆能力	0.49 **	0.35 **	0.48 **	0.56 **	0.59 **
长时记忆能力	0.33 **	0.33 **	0.45 **	0.51 **	0.55 **
视觉数字记忆能力	0.39 **	0.41 **	0.43 **	0.56 **	0.56 **
配对联想学习能力	0.35 **	0.22 *	0.43 **	0.42 **	0.48 **
记忆能力	0.43 **	0.36 **	0.50 **	0.57 **	0.61 **

* 表示在 0.05 水平上显著，** 表示在 0.01 水平上显著；下同

注：此处的 WISC-Ⅳ工作记忆为 WISC-Ⅳ中背数、字母 – 数字排序两个分测验的 Z 分数加和得到的合成分数

3）视知觉 – 空间能力测验。视知觉 – 空间能力测验所选的效标包括 Test of Visual Perceptual Skills-3（TVPS-3）中的图形 – 背景知觉分测验和 Motor-Free Visual Perception Test-3（MVPT-3）中的空间关系知觉分测验。TVPS-3 和 MVPT-3 是国外应用较为广泛地适用于儿童青少年的标准化视知觉 – 空间能力测验。TVPS-3 中的图形 – 背景知觉分测验，从形式上来看，就是隐蔽图形任务，因此选用这一分测验作为视知觉 – 空间表征能力分测验的效标。MVPT-3 中的空间关系知觉分测验，形式就是心理旋转任务，因此选用这一分测验作为空间关系知觉能力分测验的效标。表 1-7 的结果表明，视知觉 – 空间表征能力分测验和空间关系知觉能力分测验分别与其效标存在中等程度的相关。

表 1-7　视知觉 – 空间能力测验的效标效度（$N=116$）

分测验	TVPS-3 图形背景知觉	MVPT-3 空间关系知觉
视知觉 – 空间表征能力	0.51 **	
空间关系知觉能力		0.57 **

4）推理能力测验。推理能力测验所选的效标包括 Cognitive Ability Test-3rd Edition（CAT-3）、瑞文标准测验（RSPM）和 WISC-Ⅳ 中的矩阵推理测验。CAT-3、RSPM 和 WISC-Ⅳ是国内外广泛使用的认知能力测验。从形式上来看，RSPM 和 WISC-Ⅳ中的矩阵推理主要采用矩阵形式考查推理能力，CAT-3 主要采用类比和序列形式考查推理能力。因此，选用这三个测验作为推理能力测验的效标。表 1-8的结果表明，推理能力及其各个分测验与这些测验均有中等以上程度的相关。

表 1-8 推理能力测验的效标效度

任务/分测验	CAT-3 ($N=114$)	RSPM ($N=111$)	WISC-IV矩阵推理 ($N=111$)
数字类比	0.51 **	0.56 **	0.66 **
图形类比	0.54 **	0.56 **	0.64 **
图形序列	0.53 **	0.59 **	0.55 **
归纳推理能力	0.53 **	0.59 **	0.55 **
类比推理能力	0.57 **	0.61 **	0.73 **
推理能力	0.60 **	0.66 **	0.70 **

5) 认知能力测验。认知能力测验的效标为 WISC-IV。WISC-IV 是国内外广泛使用的评估认知能力的测评工具，它总共可以导出五个合成分数，即言语理解指数、知觉推理指数、工作记忆指数、加工速度指数和总智商。表 1-9 的结果表明，认知能力及其各分测验与 WISC-IV 的多数合成分数均有中等以上程度的相关。

表 1-9 认知能力测验及各分测验的效标效度 ($N=110$)

分测验/测验	言语理解指数	知觉推理指数	工作记忆指数	加工速度指数	WISC-IV总智商
注意能力	0.19	0.38 **	0.23 *	0.41 **	0.41 **
记忆能力	0.25 **	0.31 **	0.29 **	0.19 *	0.37 **
视知觉 – 空间能力	0.43 **	0.55 **	0.35 **	0.29 **	0.59 **
推理能力	0.37 **	0.51 **	0.25 **	0.37 **	0.54 **
认知能力	0.42 **	0.60 **	0.37 **	0.46 **	0.65 **

1.4.3 认知能力测验特殊群体研究的效度依据

（1）样本信息

临床样本来自四川大学华西医院、中南大学湘雅三医院、江苏省常州市第一人民医院和北京安定医院，总样本数为 437。其中，注意力缺陷多动症组（Attention-Deficit Hyperactivity Disorder，ADHD）样本为 270 名，智力落后组样本为 188 名。正常组由来自相同地区，在年龄、性别、家庭年收入、父母最高受教育程度等指标上与临床组相匹配、且在匹配变量上无缺失值的正常儿童青少年组成。

（2）实证效度

1）ADHD 临床组与正常组差异比较。配对样本 t 检验结果表明，ADHD 临床组在注意能力、记忆能力、视知觉－空间能力、推理能力及认知能力总分上均显著低于正常组儿童青少年（$p < 0.01$）（表1-10）。

表1-10　ADHD 临床组与正常组在各认知能力及认知能力总分上配对样本 t 检验结果

各认知能力测验	组　别	样本（N）	均值（M）	标准差（SD）	组间均值差异 M_D	标准误差 SE_{M_D}	t	p
注意能力	正常组	270	97.36	14.06	3.38	0.92	3.68	0.01
	ADHD	270	93.98	11.79				
记忆能力	正常组	270	97.03	14.07	6.56	0.97	6.76	0.01
	ADHD	270	90.47	13.05				
视知觉－空间能力	正常组	270	101.32	14.52	4.17	1.06	3.95	0.01
	ADHD	270	97.15	13.96				
推理能力	正常组	270	99.41	15.22	4.11	0.98	4.21	0.01
	ADHD	270	95.30	13.83				
认知能力总分	正常组	270	98.60	14.50	5.27	0.89	5.89	0.01
	ADHD	270	93.33	13.13				

2）智力落后与正常组差异比较。配对样本 t 检验结果表明，智力落后组在注意能力、记忆能力、视知觉－空间能力、推理能力及认知能力总分上均显著低于正常组儿童青少年（$p < 0.01$）（表1-11）。

表1-11　智力落后组与正常组在各认知能力及认知能力总分上配对样本 t 检验结果

各认知能力测验	组　别	样本（N）	均值（M）	标准差（SD）	组间均值差异 M_D	标准误差 SE_{M_D}	t	p
注意能力	正常组	188	101.28	14.99	18.84	1.33	14.15	0.01
	智力落后	188	82.45	12.86				
记忆能力	正常组	188	101.31	14.30	19.93	1.25	15.91	0.01
	智力落后	188	81.39	10.71				
视知觉－空间能力	正常组	188	103.55	14.06	22.80	1.13	20.13	0.01
	智力落后	188	80.75	10.96				
推理能力	正常组	188	102.74	14.82	24.58	1.19	20.60	0.01
	智力落后	188	78.17	9.70				
认知能力总分	正常组	188	102.58	14.39	24.89	1.11	22.47	0.01
	智力落后	188	77.68	10.07				

第2章　中国儿童青少年语文学业成就测验简介

为了解我国基础教育阶段儿童青少年对于语文课程标准的达成状况和语文成就的发展水平，本项目力图以《全日制义务教育阶段语文课程标准》（简称《语文课程标准》）为依据，构建测验的框架与指标体系，编制适用于我国基础教育阶段2~9年级儿童青少年的语文学业成就测验。编制的测验在内容上不仅要借鉴国内外成熟的学业成就测验，还需要涵盖我国基础教育阶段语文课程标准的内容；在技术指标上测验题目要有合适的难度和区分度，测验整体要具备较好的信度和效度。

2.1　测验编制依据

1）语文课程标准。课程标准代表了国家对儿童青少年学业发展的总体目标和要求，是国家意志在基础教育阶段的具体体现（巢宗祺等，2002）。在我国当前的教育环境下，课程标准已成为教材编写、教师教学的基本依据（中华人民共和国教育部，2001a）。课程标准集中体现了教育的目标，也为学业成就测验提供了基本框架。

2）国内外语文测试研究成果。从20世纪二三十年代开始，心理测量学界便编制了许多有影响的语文成就测验，如斯坦福系列成就测验（Stanford achievement test，SAT）、都市成就测验（metropolitan achievement test，MAT）等（戴海崎等，2004）。同时，大规模教育评价，如国际儿童青少年评价项目（Programme for International Student Assessment，PISA）、国际阅读素养进展研究（Progress in International Reading Literacy Study，PIRLS）、美国国家水平的学业成就测评项目（National Assessment of Educational Progress，NAEP）等也逐渐发

展起来。这些语文成就测验以及大规模教育评价项目（语文阅读部分）的关键指标体系、测试框架以及测试工具代表了教育评价领域对语文成就测评的研究成果和发展方向，为本测验的编制提供了重要借鉴。此外，本测验在编制的过程中还参考了有关语文活动的认知过程与心理机制的最新研究成果，它们为语文、阅读测验提供了认知科学的支持。

3）教育目标分类学理论。学业成就测验的指标体系主要由内容和能力目标两者构建而成，其中能力目标的划分主要参考了教育目标分类学理论。教育目标分类学理论对当今国际大规模学业成就测验的编制产生了深远的影响，各学业成就测验都按照教育目标分类学理论确立测验的指标体系。在2001年修订的布卢姆教育目标分类中，将认知过程分为记忆、理解、应用、分析、评价、创造六类（Anderson et al.，2001）。结合中小学儿童青少年的认知发展特点，本测验在语文积累和阅读部分认知目标的划分上借鉴了这种分类。

4）现代心理测量理论。为了有效地保证测试工具的科学性和合理性，本测验主要运用了建立在项目反应理论（item response theory，IRT）基础上的矩阵取样设计，各个学段的题目以多题本形式呈现，以此解决课程标准内容丰富性与测试时间有限性的矛盾（Dings et al.，2002；李凌艳等，2007）。与此对应，在分数计算时运用等值方法确保不同题本分数间的可比性和公平性（许祖慰，1992；余嘉元，1992）。本测验通过运用这些新的统计测量技术，特别是项目反应理论，提高测验的精度。

2.2　测验内容与结构

2.2.1　测验内容

本测验的测试内容包括语文积累和阅读两个方面。第一到第四学段中语文积累与阅读的权重分别为6∶4、5∶5、4∶6、4∶6。

首先，在语文积累部分，涉及语言积累与文化积累两个方面。在语言积累中，第一学段考察拼音和一定数量常用汉字的掌握，以了解和识记能力为主，涉及少量理解和分析能力；第二学段考查理解与分析字词的能力，包含了对汉语特有的成语知识的考查，并且涉及部分语法规则；第三学段对字词的考查注重理解分析和运用评价，语法规则涉及关联词、句式和排序问题，逐步实现连字成句，从字词到句子的转换；第四学段考查对字义和词义的理解与运用，语法规则涉及句义辨析、修辞、语病和排序。在文化积累部分，第一学段以识记古诗为主；第二、三学段逐步过渡到理解和分析水平，题目所占分值也逐渐加大；第四学段除了考查以上内容外，还增加了对文言文的理解与分析、运用与评价的考查。

其次，在阅读部分，涉及信息文本和文学文本的阅读两个方面。在信息文本部分，第一学段主要考查重点信息和整体信息的获取与解释；第二学段增加了对于上下文信息的解释；第三学段在增加了潜在信息的获取与解释的同时，还需要对上下文信息和重点信息作出评价；第四学段考查解释信息与作出评价的能力。在文学文本部分，第一学段主要考查重点信息和整体信息的获取与解释；第二学段增加了对于上下文信息的获取以及对于观点、态度与情感的解释与作出评价，并且要求对重点信息作出评价；第三学段增加了对于表达方式的解释与作出评价；第四学段与信息文本类似，偏向考查解释信息和作出评价的能力。

本测验依据《语文课程标准》中的学段划分，分学段进行测试。采用矩阵取样设计，每个学段有 3 个题本，即 A、B、C 卷，四个学段共有 12 个题本。各学段的 3 个题本基本平行，同学段的题本之间由锚题链接。根据每个学段测试的知识点数量和能力水平要求不同，每个学段的题目数量和考查点不相同。测验的题量分布为第一学段语文积累部分 18 题，阅读部分 8 题，共计 26 题；第二学段语文积累部分 18 题，阅读部分 12 题，共计 30 题；第三学段语文积累部分 19 题，阅读部分 15 题，共计 34 题；第四学段语文积累部分 18 题，阅读部分 20 题，共计 38 题。其中，各个学段锚题占每份试卷总题量的百分比分别是：第一学段 26.9%、第二学段 36.7%、第三学段 35.3%、第四学段 26.3%。根据中小学儿童青少年心理发展的特点和测验实施的可行性，确定第一学段到第三学段（小学 2~6 年级）的测试时间为 45 分钟，第四学段（7~9 年级）的测试时间为 60 分钟。

在题目形式方面，为了保证评分过程的客观性和可操作性，本测验的题目全部为 4 选 1 的客观选择题，每道题目只有一个正确答案，题目采用 0、1 计分方式。

2.2.2　测验结构

最终确定的测验指标体系分为内容与能力两大维度。内容维度包含语文积累与阅读两大方面；能力维度在语文积累方面分为了解与识记、理解与分析、运用与评价，在阅读方面分为获取信息、解释信息、作出评价。测验框架与指标体系具体内容如表2-1和表2-2所示。

表2-1　语文学业成就测验内容维度的具体内容

维　度		具体内容
语文积累	语言积累	拼音（含语音意识）
		字词（含正字法、笔画、字形、熟词等）
		语法规则（含句法、标点符号）
	文化积累	文化文学常识(含文学形式、作家、作品等)
		古诗文
		文言文
阅　读	信息文本	上下文信息
		重点信息
		整体信息
		潜在信息
	文学文本	上下文信息
		重点信息
		整体信息
		潜在信息
		表达方式
		观点、态度与情感

表2-2　语文学业成就测验能力维度的具体内容

维　度	具体内容
语文积累	了解与识记
	理解与分析
	运用与评价
阅　读	获取信息
	解释信息
	作出评价

2.2.2.1　内容维度

（1）语文积累

1）语言积累。主要考查对于单个字词的加工过程，即字词识别或者心理辞典的通达能力，分别包含形、音、义、用等多个方面以及对于语句表达的理解和运用，这是语文学习的起点和阅读能力发展的基石（莫雷，1990；朱作仁，1991；周庆元，2005）。这部分考查的知识点包括拼音、字词和语法规则。

2）文化积累。文化积累主要考查儿童青少年平时对于文化文学常识、古诗文、文言文的掌握情况。其中，文学常识主要考查中国作家作品、外国作家作品和主要的文学体裁等知识点，文化常识主要考查歇后语、传统佳节、格言警句等知识点。古诗文主要考查正确默写名句名诗、对古诗文作者情感的理解以及古诗文中写作常识的掌握。文言文主要考查对重点字词的用法、句义和短文段落大意的理解。

（2）阅读

1）上下文信息。上下文信息重点考查在局部的微观层面上语言和逻辑的连贯性，主要的形式有填写合适的词语或者句子，使句子或者多个句子符合表达的需求，或者根据前后文的内容正确理解代词的指代内容等。

2）重点信息。重点信息是阅读过程中对文本关键信息的把握，仍然是对文本材料在局部层面上的加工。由于文本以及阅读目的不同，确定重点信息的标准会变化（Mullis et al.，2006；OECD，2006；NAGB，2006，2008）。例如，信息文本中议论文的重要信息可以是重要观点、分论点、重要的例子；说明文的重要信息可以是说明对象的重要属性特征、操作流程中的步骤等；而在文学文本中，重要信息可以是反映主旨的"文眼"，如小说的时间、地点、人物等。

3）整体信息。整体信息是在理解整个文本的基础上，形成一个总括性的印象与观点，这样的过程在阅读心理学中被称为形成文本描写的"模型"（莫雷，1990）。在日常语文教学中，整体信息是指中心思想、文章想要表达的主要内容等。以记叙文、小说为例，整体信息是指文本中人物、时间、地点、事件等信息的整合；以说明文为例，整体信息是指说明对象的重要属性的整合。

4）潜在信息。潜在信息是文本中没有直接表达但是对理解文本具有重要意义的信息。它属于文本本身的信息，作者由于某种目的没有直接表述，但是通过字里行间表达出来，反映了作者的态度、观点等。

5）表达方式也称为表达方法，其内涵包括记叙、描写、说明、议论、抒情五个方面。要求儿童青少年在阅读的过程中，在正确理解文本文字含义的同时，对作者在记叙、描写、说明、议论、抒情等方面运用的技巧作出正确的理解和评价，涉及儿童青少年对基本写作技巧的了解和掌握。

6）观点、态度与情感。情感态度价值观是指作者对文本涉及的对象的情感态度与价值判断。例如，作者对主人公是喜爱还是厌恶，对主人公的行为是赞同还是反对等。

本测验根据不同的文体材料在文本特征、阅读目的、阅读策略等方面的差异，选择了信息文本与文学文本两类材料。信息文本主要包括说明文、议论文、图表等，文学文本主要包括小说、传记、故事和诗歌等。由于信息文本与文学文本在文本特征、阅读目的与阅读策略等方面存在很大的差异，所以阅读测查的六个方面要点在信息文本与文学文本中的分布并不相同（Mullis et al.，2006；OECD，2006；NAGB，2006，2008）。信息文本主要考查上下文信息、重点信息、整体信息、潜在信息，考查的重点将会放在重点信息与整体信息上，而上下文信息、潜在信息的考查比重会比较低。文学文本也包含上下文信息、重点信息、整体信息、潜在信息等四个方面，但与信息文本存在一定的差异，即文学文本中重点信息与整体信息的比重仍然较高，但是上下文信息、潜在信息考查的比重有所提高。此外，文学文本还增加了两个独特的考查内容，即体现文学阅读特点的表达方式与观点、态度和情感。

2.2.2.2 能力维度

（1）与语文积累相关的能力

1）了解与识记。了解是指对知识的认识，识记是指对知识的识别和记忆。在语文积累中，是指能识别声母、韵母，能背诵声韵母表，能正确辨识常用字，了解重要的作家和作品，默写《语文课程标准》附录中推荐背诵和古诗文的精彩语句等方面。这个能力维度是最低层次的能力要求，只要求对语文基础知识的记忆与简单识别。

2）理解与分析。理解是指领会并能作简单的解释，分析是指分解剖析。在语文积累中，是指能知道字词在无语境时的基本含义以及在具体语境中的不同含义，能够理解重点成语的含义，能够知道基本的语法规则，能够理解标点使用的规则，能够对古诗文进行初步的分析，等等。

3）运用与评价。运用与评价是指对知识的运用以及对用法的评价。在语文积累中，是指通过完成任务的形式体现对字词含义细微区别的掌握，对成语的恰当灵活使用以及辨别他人的不当使用，在语法规则方面的运用与评价体现在熟练使用关联词、熟练掌握各种句式的运用与转化、熟练掌握修辞的运用，能够品味出不同修辞的运用是否恰当、对句子进行合理的排序等。

（2）与阅读相关的能力

1）获取信息。获取信息是指寻找文本中定义、事实、支持性细节等明显信息，包括寻找信息文本中的重点信息、整体信息、潜在信息，文学文本中的上下文信息、重点信息、整体信息、潜在信息和观点、态度与情感。

2）解释信息。解释信息是指对文本中信息的理解和诠释，如描述问题的原因与结果、比较不同观点、描述作者的表现手法与写作特征等。解释信息是阅读的关键阶段，超越了零散信息，形成了在整个文本水平上、甚至超越文本水平的理解和诠释。解释的信息包括信息文本的上下文信息、重点信息、整体信息和潜在信息，文学文本的上下文信息、重点信息、整体信息、潜在信息、表达方式和观点、态度与情感。

3）作出评价。作出评价是指从多个角度综合性地评价文本中的信息，如评价作者的观点与情感态度、评价作者的写作技巧等。包括对信息文本中的上下文信息、重点信息、整体信息作出评价，对文学文本中的重点信息、整体信息、表达方式和观点、态度与情感作出评价。

2.3　测　验　特　点

1）考查语文课程标准的达成情况。本测验无论是测试知识点的确定、能力水平的设定还是测试材料的选择，都紧紧围绕着《语文课程标准》来进行，因此本测验可提供儿童青少年对于课程标准达成状况的诊断信息，为教学提供反馈，促进教学改进。

2）分学段进行测试。本测验涉及的年龄跨度较大，从2年级到9年级，贯穿整个义务教育阶段；涉及的内容较广，从最基础的认读拼音到较为复杂的篇章阅读。在学业测试领域，让所有儿童青少年面对相同的测验情境是较为简单的处理方式，但是将所有内容都涵盖在一套测验中显然是不现实的，不同年龄儿童青少年知识和能力的巨大差异可能导致"地板效应"、"天花板效应"，过长测试时间也让被试难以接受。因此，本测验根据《语文课程标准》将测验分成四个学段：2年级为第一学段，3~4年级为第二学段，5~6年级为第三学段，7~9年级为第四学段。不同学段的测试内容不同，与儿童青少年所学知识相对应，测试时间合理。这样使得同一个学段内的儿童青少年可以进行发展性的比较，而不同学段的儿童青少年可以通过内容的发展性进行比较。

3）矩阵取样设计。本测验除了要对个体或群体的整体能力水平进行准确描述，还要进行诊断性质的细节描述，这就使得测验的内容范围必须是全面的，因而同一学段内的测验必将包括大量的题目，以涵盖庞杂繁多的内容。考虑到儿童青少年的承受能力和一般心理测验的客观状况，每位儿童青少年可接受的测试时长非常有限，一般以45~60分钟较为合适。因此，在同一个学段内，本测验不再采用原有的单题本测验形式，而是采用矩阵抽样设计。即先根据课程覆盖内容开发一套完整的测试题目，再将这些题目划分成若干套较小的题册，然后每个儿童青少年接受一套题册的测试。同学段不同题册基本平行，通过锚题进行链接。在保证了对课程的广泛覆盖后，通过限制每个儿童青少年所接受的测验题目数量来减少测验时间，解决了学业成就测验庞大的测试内容与儿童青少年所能承受的测试时间有限之间的矛盾，提供了精确的群体水平结果。

4）同时关注知识和能力。根据布卢姆教育目标分类，本测验结合了我国儿童青少年的认知发展特点，将测验的认知目标划分为语文积累和阅读两个部分，既关注了儿童青少年语文知识的掌握情况，又考查了其语文学业成就的发展水平。

5）区别于一般学业考试。本测验是学业成就测验，与一般学业考试相比，学业成就测验是基于课程标准的分段测验，而传统的学业考试是在一个学习阶段后的终结性考试，没有跨年级的比较；学业成就测验的命题更为严格，有一套科学的程序，而一般学业考试则是老师根据自己的经验进行命题；学业成就测验需要通过预试，对测验的质量进行检测，并根据预试结果调整测验，而一般考试没有这个程序。

2.4 测验的计分

儿童青少年语文学业成就测验的原始分数采用0、1计分的方式，即答对一题得1分，答错一题得0分，将各个题目的得分相加得到测验的总分。

2.5 常模的建立

2.5.1 常模样本的确定

获得具有良好代表性的标准化样本是建立常模的重要基础。本测验常模样本的获取采用分层三阶段不等概率取样的方法。以全国所有的区、县作为初级抽样单元，在对初级抽样单元进行分层的基础上，兼顾性别、城乡、经济发展水平等变量，最终确定全国标准化样本取样规模。

根据上述取样标准，计划取样28 800名，实际取样28 874名（来自413所小学，206所初中），有效样本为28 817名。

2.5.2 常模分数的转换

测验分数的转换通常包括经典测量理论（CTT）和项目反应理论（IRT）两种方式。在本测验中，分别采用CTT和IRT两套分数来建立常模。CTT常模分数的转换程序是先计算儿童青少年在所做测验上的原始分数，即每道题目的原始分之和，然后通过锚题的链接，采用等百分位等值的方法将3个题本上的分数放在同一量尺上；IRT常模分数的转换是先通过题本间锚题的链接，采用同时性估计的方法估计出个体的语文学业成就值，然后通过正态化转换和线性转换，得到平均数为500、标准差为100的标准分数。

对于CTT和IRT的常模分数，本测验均提供与其相对应的百分位数，以便于测验使用者了解不同分数在样本人群中所对应的位置。

2.5.3 常模版本

为了使测验的常模更为精确，并且便于测验使用者在不同群体下进行分数比较，语文学业成就测验在每个学段均建立了常模，包括发展常模（学段总体1套，各年级1套）、城乡常模（城市、县镇、农村各1套）及性别常模（男、女各1套）。需要注意的是，各版本的常模分数根据其样本群体计算所得，仅适用于此群体下的分数比较。

2.6 测验的技术指标

2.6.1 分数转换与技术指标概要

本测验与其他测验的不同之处在于，采用了传统的经典测量理论（CTT）和现代的项目反应理论（IRT）两种方法对测验数据进行了转换。采用CTT方法时，主要计算受测者的答对个数，使用Common Item Program for Equating程序进行等值，将题册B和C的分数等值到题册A上。最终选取Tucker线性等值的结果作为CTT的等值分数。而使用IRT方法时，客观题采用的是RASCH的单维模型，主观题采用的是分步计分模型（PCM），而后通过CONQUEST对数据进行同时性估计，将项目参数和能力参数转换到相同的量尺上。

在上述分数转换的基础上，我们得到了一套测验的技术指标。总的来说，这些技术指标可以分为两个部分，一部分是项目水平的难度、区分度信息，另一部分是测验整体水平的信效度信息。在项目水平上，难度即测试题目的难易程度，是能力测试中衡量测试题目质量的主要指标之一，它和区分度共同影响并决定试卷的鉴别性（漆书青等，2002）。本书中难度的计算采用题目的通过率或平均得分率的计算方法。这个值越高，说明在该题上通过的人或是得高分的人越多，项目越简单；反之项目越难。项目的区分度，即项目将不同水平的考生鉴别出来的能力的大小。这里用考生在项目上的得分与测验总分的相关系数（题总相关）来表示，二者间的相关越高，表明项目的区分度越高，对考生能力的区分程度越好。在题本整体水平上，本测验用克隆巴赫 α 一致性系数来考查测验内容的一致性信度。从内容效度、效标效度和结构效度三个方面来评估本测验的效度。

2.6.2 测验的难度和区分度

计算各个学段各题本题目的难度，分段统计各难度区间对应题目的数量，结果表明，除了第一学段，各学段中等难度题目占多数，困难和容易的题目较少，具体结果见表2-3。此外，统计难度值大于 0.90 或小于 0.10 的题目发现，仅在第一学段（共 14 题）和第二学段（共 1 题）有个别题目难度大于 0.90。因此，总体上题目的难度与儿童青少年群体语文能力的分布基本对应，能有效测查不同语文能力水平的儿童青少年。

表 2-3　语文学业成就测验四个学段题目难度的分布频次

通过率/%	题目数			
	学段一	学段二	学段三	学段四
< 20	0	0	0	0
20 ~ 35	0	4	2	6
35 ~ 50	4	14	13	17
50 ~ 65	9	14	28	29
65 ~ 80	32	20	23	26
80 ~ 95	25	16	12	16
> 95	4	0	0	0

通过计算各个学段各个题本题目的区分度（题总相关），分段统计各区分度区间对应题目的数量，结果表明，四个学段题目的区分度总体良好，大多数题目的区分度在 0.30 以上，区分度小于 0.10 的题目仅有 1 个，具体结果见表2-4。

表 2-4　语文学业成就测验四个学段题目区分度的分布频次

区分度	题目数			
	学段一	学段二	学段三	学段四
< 0.10	0	0	0	1
0.10 ~ 0.20	1	1	2	2
0.20 ~ 0.30	1	4	6	19
0.30 ~ 0.40	15	21	20	36
> 0.40	57	42	50	36

因此，在项目分析层面上，通过对题目难度和区分度的计算可知，各学段各题本的大多数题目质量良好。

2.6.3 测验的信度

各题本的内部一致性系数见表2-5。四个学段中各题本的内部一致性系数为0.75~0.89，表明题本内部一致性信度良好。

表 2-5 语文学业成就测验四个学段各题本的内部一致性系数

学段/年级	题本 A	题本 B	题本 C
学段一（2 年级）	0.89	0.88	0.89
学段二	0.87	0.84	0.83
3 年级	0.84	0.81	0.81
4 年级	0.88	0.85	0.83
学段三	0.87	0.86	0.85
5 年级	0.87	0.85	0.85
6 年级	0.87	0.85	0.84
学段四	0.81	0.82	0.81
7 年级	0.75	0.79	0.77
8 年级	0.79	0.80	0.80
9 年级	0.81	0.81	0.81

2.6.4 测验的效度

（1）内容效度

本测验在编制过程中主要通过以下工作的开展确保测验的内容效度：其一，在调研国内外相关领域研究成果的基础上，项目组反复多次研讨建构测验指标体系的相关问题，最终联合全国各专家组确立了测验的指标体系，明确了测验的行为领域；其二，在拟定测验指标体系的基础上编制总的和分学段的双向细目表，并依据双向细目表编制具体题目，确保试题与所测行为领域的匹配；其三，从测验初步形成到修订完成的整个过程中，项目组成员反复研读修改测验题目，不断邀请富有教学经验的教研员和一线教师审题，并在完成修订前召开专家论证会，判断试题的语文学业成就的代表性，根据反馈意见进一步完善和修改测验。因此，本测验的内容效度是可以得到保证的。

（2）效标效度

本测验通过计算测验成绩与同期收集的儿童青少年统考成绩的相关作为效标效度指标。这样做基于以下几点考虑：第一，语文统考测验的目的是检验一段时期内儿童青少年语文学业成就发展的状况，这与本测验的目的是相似的；第二，语文统考测验是教师自编的学绩测验，反映的是语文教学的效果，这就使得统考测验的框架与指标体系离不开新课程标准的要求；第三，本次作为效标效度指标的统考测验编制由浙江省的特级语文教师们负责，他们长期从事中小学语文教学工作，教学经验丰富，多次承担语文考试命题任务，命题经验丰富；第四，统考测验试题质量高，试题种类、选项设置、难度指标等都比较符合作为效标效度指标的要求；第五，统考测验的学生群体代表性强，样本量大，地区、学校、年级覆盖全面，能反映出儿童青少年一定阶段内语文学业成就发展的状况。

结果表明，就整体而言，本测验成绩与学校考试成绩呈中等程度的相关。虽然本测验和学校统考测验都是对儿童青少年语文学业成就的测查，但是各自的测验具有不同的特点，编制方式也不完全相同。因此，中等程度的相关表明本测验结果与效标结果较为一致。具体结果见表 2-6。

表 2-6　同批被试语文学业成就测验结果与统考成绩的相关系数

年　级	样本数量	相关值
2 年级	930	0.58
3 年级	2 755	0.63
4 年级	1 013	0.55
6 年级	1 969	0.65
7 年级	1 288	0.63
8 年级	1 113	0.69

（3）结构效度

根据本测验编制的理论构想，将从三方面考察本测验的结构效度：各维度合成分与总分间的相关、不同年级的测验得分情况、城乡地区的得分情况。

1）IRT 分析下题目的拟合值。题目的拟合值表示该题目拟合项目反应理论所设定的数学模型的程度。一般而言，拟合值应在 0.77～1.33，超过这个范围表示模型不能够对该题目进行良好的估计。拟合值的结果显示，运用单维 RA-

SCH 模型对 4 个学段共 12 个题本的拟合分析发现，除了第一学段有 1 道锚题稍微超出标准外，其他所有题目的拟合值均在标准之内，表明此模型能对这些题目进行较好的估计。具体结果如图 2-1～图 2-12 所示。

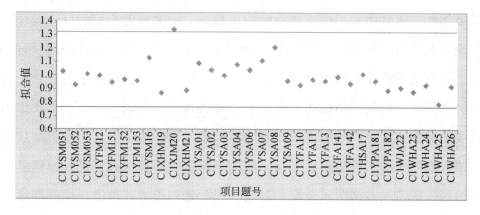

图 2-1　第一学段题本 A 的项目拟合值统计图

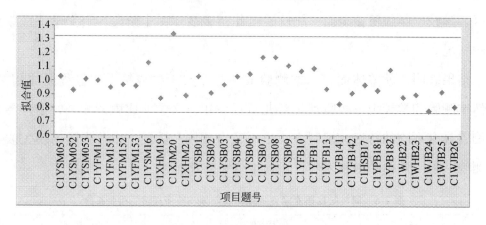

图 2-2　第一学段题本 B 的项目拟合值统计图

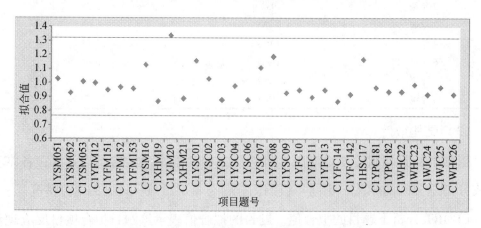

图 2-3　第一学段题本 C 的项目拟合值统计图

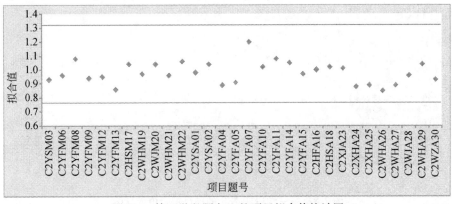

图2-4 第二学段题本A的项目拟合值统计图

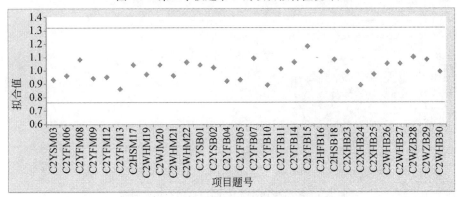

图2-5 第二学段题本B的项目拟合值统计图

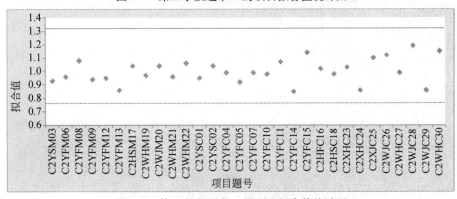

图2-6 第二学段题本C的项目拟合值统计图

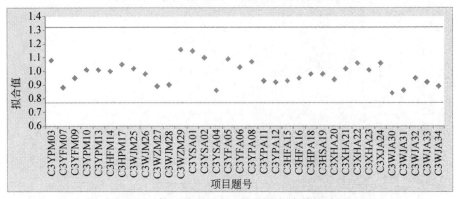

图2-7 第三学段题本A的项目拟合值统计图

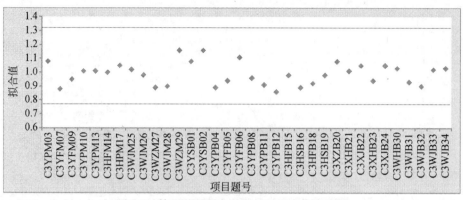

图 2-8　第三学段题本 B 的项目拟合值统计图

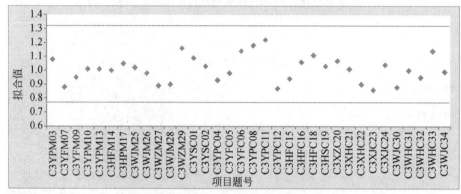

图 2-9　第三学段题本 C 的项目拟合值统计图

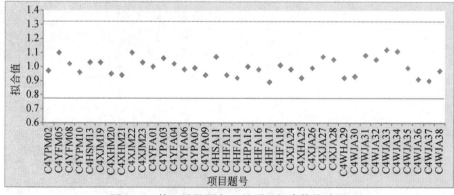

图 2-10　第四学段题本 A 的项目拟合值统计图

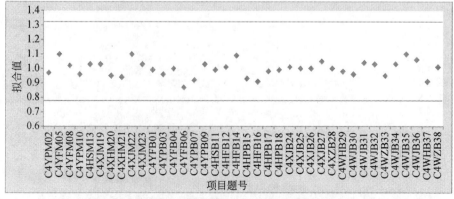

图 2-11　第四学段题本 B 的项目拟合值统计图

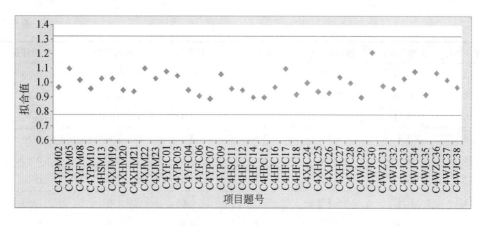

图 2-12 第四学段题本 C 的项目拟合值统计图

2）维度与总分相关。用内部一致性方法也可以得出测验的结构效度，这种方法的基本特征是，效标是自身测验的总分。内部一致性效标的一种算法是分测验分数与总分的相关。因此，本测验将语文学业成就分为不同内容的维度和能力水平的维度，通过计算维度与总分的相关，分析测验的结构效度。具体结果见表 2-7 和表 2-8。

图 2-7　语文学业成就测验内容维度与总分的相关系数

题　本	语文积累	阅读	语言积累	文化积累	信息文本	文学文本
1A	0.97	0.86	0.97	0.53	0.68	0.83
1B	0.97	0.86	0.96	0.49	0.69	0.81
1C	0.97	0.86	0.96	0.38	0.66	0.80
2A	0.95	0.92	0.94	0.58	0.71	0.87
2B	0.94	0.89	0.92	0.57	0.70	0.84
2C	0.95	0.88	0.93	0.61	0.65	0.81
3A	0.94	0.91	0.89	0.79	0.72	0.85
3B	0.94	0.92	0.89	0.78	0.73	0.86
3C	0.94	0.92	0.87	0.76	0.75	0.86
4A	0.91	0.90	0.81	0.77	0.78	0.75
4B	0.91	0.91	0.81	0.79	0.79	0.77
4C	0.91	0.91	0.81	0.79	0.81	0.75

表 2-8　语文学业成就测验能力维度与总分的相关系数

题　本	了解与识记	理解与分析	运用与评价	获取信息	解释信息	作出评价
1A	0.89	0.89	0.56	0.85	0.56	—
1B	0.87	0.87	0.64	0.79	0.78	—
1C	0.90	0.87	0.59	0.83	0.65	—

题 本	了解与识记	理解与分析	运用与评价	获取信息	解释信息	作出评价
2A	0.71	0.92	—	0.84	0.64	0.55
2B	0.68	0.90	—	0.85	0.40	0.50
2C	0.71	0.91	—	0.80	0.70	—
3A	0.71	0.83	0.80	0.71	0.84	0.54
3B	0.66	0.81	0.82	0.67	0.85	0.61
3C	0.57	0.81	0.80	0.73	0.84	0.60
4A	0.42	0.82	0.73	0.66	0.86	—
4B	0.48	0.77	0.80	0.67	0.81	0.57
4C	0.50	0.82	0.74	0.66	0.84	0.41

3）年级得分情况。从表2-8可以看出，无论是IRT分数还是CTT等值分数，在二至四学段中，各个题本都是高年级的平均成绩比低年级的平均成绩高，具体结果见表2-9。

表2-9 四个学段内各年级学生语文学业成就测验分数

学 段	年 级	A 题本			B 题本			C 题本		
		人数	IRT 分数	CTT 分数	人数	IRT 分数	CTT 分数	人数	IRT 分数	CTT 分数
学段一	2 年级	1 198	499.68	22.95	1 202	501.33	23.01	1 199	498.98	22.81
学段二	3 年级	1 205	473.79	18.15	1 204	478.78	18.10	1 199	473.71	17.93
	4 年级	1 210	526.23	20.96	1 200	519.92	20.65	1 195	527.63	21.10
学段三	5 年级	1 211	477.99	18.90	1 201	469.37	18.26	1 191	476.10	18.42
	6 年级	1 193	522.67	21.86	1 202	528.89	22.33	1 218	524.79	22.01
学段四	7 年级	1 227	464.98	20.94	1 193	465.82	21.04	1 189	454.96	20.54
	8 年级	1 196	498.98	23.06	1 219	496.94	22.92	1 190	502.28	23.39
	9 年级	1 176	542.58	25.64	1 179	541.01	25.51	1 215	533.83	25.22

第3章 中国儿童青少年数学学业
成就测验简介

儿童青少年数学学业成就测验是依据我国《全日制义务教育阶段数学课程标准》（简称《数学课程标准》）（中华人民共和国教育部，2001b）编制的，是适用于我国基础教育阶段2~9年级儿童青少年的纸笔测试工具。本测验旨在建构以《数学课程标准》为基础的学生学业评价框架和指标体系，并在此基础上编制适用于我国中小学生的数学成就测验。具体而言，编制的测验在内容上不仅要借鉴各种国内外成熟的学业成就测验，并且要涵盖我国义务教育阶段数学课程标准的内容；在技术指标上，测验整体需要具备较好的信度和效度，保证合适的题目难度和区分度。本测验可用于个体和群体两个方面：在个体方面，作为数学能力测量工具，提供被试准确的数学能力水平；在群体方面，可进行较大区域范围的教学质量调查，提供较为准确和详细的群体性描述。

3.1 测验编制依据

（1）数学学科特点

数学作为一门工具性学科，为人们认识世界规律和抽象问题的本质以及解决问题提供了许多帮助。数学课程应致力于学生数学素养的形成与发展。数学素养是学生学好其他课程的基础，也是学生全面发展和终身发展的基础（中华人民共和国教育部，2001b）。数学课程的多重功能和奠基作用，决定了它在基础教育阶段的重要地位。

（2）数学课程标准

课程标准代表了国家对学生学业发展的总体目标和要求，是国家意志在基础教育阶段的具体体现。在我国当前的教育环境下，课程标准已成为教材编写、教师教学的基本依据，课程标准集中体现了教育的目标，自然地为学业成就评价提供了基本框架，即把课程标准所要求掌握的知识和能力作为确立指标体系和测验编制的依据。本项目数学学业成就的指标体系和工具都是紧紧围绕教育部制定的《数学课程标准》来编制的。

（3）国内外相关研究成果

从 20 世纪二三十年代开始，心理测量学界便编制了许多有影响的数学成就测验，如斯坦福系列成就测验（Stanford Achievement Test Series，SAT）、都市成就测验（Metropolitan Achievement Tests，MAT）（戴海崎等，2004）以及国内的中学生学业能力倾向测验（Academic Aptitude Test for Middle School Student，AATMS）（张月娟等，2004）、小学生（4~6 年级）学习能力倾向测验（郭靖等，2005）等。同时，当前国际上许多大型的学生学业测试，如国际经济合作与发展组织（Organization for Economic Cooperation and Development，OECD）的国际学生评估项目（Programme for International Student Assessment，PISA）、国际教育评价协会（International Association for the Evaluation of Educational Achievement，IEA）支持的国际数学与科学趋势研究（Trends in International Mathematics and Science Study，TIMSS）（Mullis et al.，2003）等，其相应的测试框架和测试工具代表了国际上学生学业成就测评的方向。此外，本测验还借鉴了国内外关于数感、概念理解、计算和问题解决方面的研究，为建立详细的学业成就测验框架提供了帮助。

（4）教育目标分类学理论

数学学业成就测验的指标体系主要由内容和能力目标两者构建而成，其中能力目标的划分主要参考了教育目标分类学理论。教育目标分类学理论对于当今国际大规模学业成就测验的编制产生了深远的影响，各学业成就测验都按照教育目标分类学理论确立测验的指标体系。在 2001 年修订的布卢姆教育目标分类中，将认知过程分为了记忆、理解、应用、分析、评价、创造六类（Anderson et al.，2001）。结合中小学儿童青少年的认知发展特点，本测验在认知目标的划分上借鉴了这种分类。

（5）现代心理测量理论

为了保证测试工具的科学性和合理性，本测验采用了建立在项目反应理论（Item Response Theory，IRT）基础上的矩阵取样设计，各个学段的题目以多题本形式呈现，以此解决课程标准内容丰富性与测试时间有限性的矛盾（Dings et al.，2002；李凌艳等，2007）。与此对应，在分数计算时运用等值方法确保不同题本分数间的可比性和公平性（许祖慰，1992；余嘉元，1992）。本测验通过运用这些新的统计测量技术，特别是项目反应理论，来提高测验的精度。

3.2　测验内容与结构

3.2.1　测验内容

根据《数学课程标准》中对数学知识内容的划分，本测验从数与代数、空间与图形、统计与概率三个方面对学生的知识掌握情况进行测查；而针对《数学课程标准》中使用的"了解（认识）、理解、掌握、灵活运用"等描述技能目标的动词，本测验从知道事实、应用规则、数学推理和解决非常规问题四个方面对学生的能力水平进行测查。

本测验依据《数学课程标准》中的学段划分，分学段进行测试，其中第一学段为2~3年级，第二学段为4~6年级，第三学段为7~9年级。每个学段有3个题本，即A、B、C卷，三个学段共有9个题本。根据每个学段测试的知识点数量和能力水平的不同，每个学段的题目数量也各不相同。各学段的3个题本基本平行，同学段的题本之间由锚题链接。根据中小学学生心理发展的特点和测验实施的可行性，确定第一学段和第二学段（小学2~6年级）的测试时间为45分钟，第三学段（7~9年级）的测试时间为60分钟。

在题目形式上，本测验包括选择题和主观题。选择题全部为4选1的单项选择题，每道题目只有一个正确答案，采用0、1方式计分；主观题则要求被试列出相应的解题步骤，采用多级计分方式。

在题目数量上，三个学段的题本均为28道题目，其中26道选择题，2道主观题，每道主观题又分别有3小题，每学段题本实际上总题数为32题。

在锚题的设计上，各学段A、B、C三个题本包括相同的锚题，第一、二学段的锚题为12题（6道选择题加6道主观题），占题本总题数的比例为37.5%；第三学段锚题为11题（5道选择题加6道主观题），占题本总题数的比例为34.4%。

3.2.2 测验结构

最终确定的指标体系分为内容与能力两大维度。内容维度包括数与代数、空间与图形、统计与概率三大方面；能力维度包括知道事实、应用规则、数学推理、非常规问题解决四大方面。指标体系具体内容见表 3-1 和表 3-2。

表 3-1 数学学业成就测验内容维度的具体内容

维　度	一级指标	二级指标
内容维度	数与代数	数的认识
		数的运算
		常见的量
		式与方程
		函数
		正比例/反比例
		探索规律
	空间与图形	图形的认识
		测量
		图形与变换
		图形与位置
		图形与证明
	统计与概率	统计
		概率

表 3-2 数学学业成就测验能力维度的具体内容

维　度	一级指标
能力维度	知道事实
	应用规则
	数学推理
	非常规问题解决

（1）内容维度

我国《数学课程标准》将全日制义务教育阶段分为三个学段。每个学段都包括数与代数、空间与图形、统计与概率、实践与综合应用四个领域，其中实践与综合应用领域是其他三个领域的综合（即数学内部的综合）以及数学与外部的综合。那么，对于数学知识内容来说，可以从数与代数、空间与图形、统计与概率三个领域进行测查。因此，本测验将一级内容指标确定为数与代数、空间与图形、统计与概率。

1）数与代数。数与代数主要包括数与式、方程与不等式、函数等内容，它们都是研究数量关系和变化规律的数学模型，可以帮助人们从数量关系的角度更准确、清晰地认识、描述和把握现实世界。这一领域的二级指标随着儿童的学习与发展，在各学段有相同点也有不同点，在第一学段主要分为：数的认识、数的运算、常见的量和探索规律；在第二学段主要分为：数的认识、数的运算、式与方程和正比例/反比例；而到了第三学段则主要分为：数的认识、数的运算、式与方程和函数。

2）空间与图形。空间与图形主要涉及现实世界中的物体、几何体和平面图形的形状、大小、位置关系及其变换，它是人们更好地认识、描述生活空间，并进行交流的重要工具。同样的，这一领域的二级指标在各学段有相同点也有不同点，在第一学段和第二学段都主要分为：图形的认识、测量、图形与变换、图形与位置，而到了第三学段则主要分为：图形的认识、图形与变换、图形与位置、图形与证明。

3）统计与概率。统计与概率主要研究现实生活中的数据和客观世界中的随机现象，它通过对数据收集、整理、描述和分析以及对事件发生可能性的刻画，来帮助人们作出合理的推断和预测。这一领域的二级指标在第一学段主要分为：数据统计活动初步和不确定现象；在第二学段主要分为：简单数据统计过程和可能性；而到了第三学段则主要分为：统计与概率。程度由浅入深，但都可归结为统计与概率两个二级指标。

（2）能力维度

本测验的能力维度，主要包括知道事实、应用规则、数学推理和非常规问题解决四个能力水平，这四个水平按难度从低到高排列，处于较低水平的题目要求学生完成简单的过程、理解初级的概念或解决简单的问题，处于高水平的题目要求学生推理或表达成熟的概念、完成复杂的过程或解决非常规的问题。

1）知道事实。知道事实包括学生需要知道的事实、过程和概念。要完成这一水平的题目在很大程度上依赖于学生对以前学过的概念和原理的识别与回忆，非常有代表性地说明了学生将要做什么。如：从具体实例中，知道或能举例说明对象的有关特征或意义；根据对象的特征，从具体情境中辨认出这一对象；回忆数或图形等的性质；画出或测量简单的几何图形；从图表、表格或图形中抽取信息。

2）应用规则。应用规则关注学生应用所学的数学概念和规则进行计算和解决简单问题的能力，可以非常机械化地使用原理或规则。这一水平的题目比"知道事实"的题目包含了更多在备择选项中思考和选择的灵活性。如：描述对象的特征和由来；明确地阐述此对象与有关对象之间的区别和联系；四则运算；完成一个指定的过程；求方程式的解；解决一个只需一步计算的问题。

3）数学推理。数学推理是学生解决数学情景中常规问题的能力。这一水平的题目需要学生给出超出习惯的、没有详细说明的、且常常不止一步计算的答案。这就需要学生使用非正式的推理方法和问题解决策略，并且整合不同领域的技能和知识。如：根据情境和目的，选择和使用不同的表示方法；解决多步计算的问题；从图表、表格或图形中抽取信息并使用这些信息去解决需要多步计算的问题；在理解对象的基础上，把对象运用到新的情境中。

4）非常规问题解决。非常规问题解决与数学推理的差别在于，非常规问题解决考查的是学生解决日常生活情景中的问题的能力，要求学生能将所学的数学知识与技能应用于现实的生活情景当中。这一水平的题目要求学生必须进行更多的抽象推理、计划、分析、判断和创造性思维，能综合运用知识，灵活、合理地选择与运用有关的方法完成特定的数学任务。如：用多种方法解决一个问题；解释和证明一种解决方法；完成一个需要多步计算且有多种结果的过程；根据情境建立数学模型。

3.3　测　验　特　点

本测验是根据《数学课程标准》编制的，因此其年龄跨度较大，贯穿从2年级到9年级的整个义务教育阶段；涉及内容较广，从最基础的数的认识到较为复杂的数学证明。尽管让所有被试面对相同的测验情境是较为简单的处理方式，但是将所有内容涵盖在一套测验中显然是不现实的。不同年龄间巨大的差异可能导致"地板效应"或"天花板效应"，过长的测试时间也是让人难以接受的。因此，本测验根据《数学课程标准》将测验分成三个学段。这样使得同一学段内的学生可以进行发展性的比较，而不同学段的学生可以通过内容的发展性进行比较。

尽管如此，在同一个学段中，其测验的内容仍然是庞杂、繁多的，本测验除了对个体差异进行描述外，还要对群体差异进行准确描述，这就使得测验的内容范围必须是全面的，因而单一题本的测验必将包括大量题目。考虑到学生的承受能力和一般心理测验的客观状况，每位被试可接受的测试时长非常有限，一般以 45～60 分钟较为合适。因此，在同一个学段内，本测验不再采用原有的单题本测验形式，而是采用矩阵抽样设计，即先根据课程覆盖开发一套完整的测试，再将这些题目划分成若干套较小的题册，然后每个被试接受一小套题册的测试。这种方法通过限制每个被试所接受的测验题目数量来减少必需的测验时间，但是仍然在被试之间保持了对课程的广泛覆盖范围，解决了数学学业成就测验庞大的测试内容与被试所能承受的测试时间有限之间的矛盾，提供了精确的群体水平的结果。

作为学业成就测验，本测验在三个方面区别于一般学业考试：第一，学业成就测验是基于课程标准的分学段测验，而传统的学业考试是在一个学习阶段后的终结性考试，没有跨年级的比较；第二，学业成就测验的命题更为严格，有一套科学的程序，而一般学业考试则是教师根据自己的经验进行命题的；第三，学业成就测验需要通过预试，对测验的质量进行检测，并根据预试结果调整测验，而一般学业考试没有这个程序。

3.4 测 验 评 分

本测验由客观题（单项选择题）和主观题（解答题）两部分组成。

客观题评分中，被试作答若与答案相同，则记为 1 分，否则记为 0 分。主观题评分中，需将被试的作答根据评分要求进行编码。在主观题评分的过程中，由两名或两名以上的评分者单独评分，以保证评分的一致性和准确性。

将主观题和客观题的得分相加，即得到被试的原始得分。

3.5 常模的建立

3.5.1 常模样本的确立

获得具有良好代表性的标准化样本是建立常模的重要基础。儿童青少年数学以全国所有的区、县作为初级抽样单元（PSU），在对初级抽样单元进行分层的基础上，兼顾性别、城乡、经济发展水平等变量，采用多阶段不等概率抽样方式。

根据上述取样标准，计划取样 28 800 名，实际取样 28 874 名（来自 423 所小学，206 所初中），有效样本量为 28 817 名。

3.5.2 常模分数的转换

测验分数的转换通常包括经典测量理论（CTT）和项目反应理论（IRT）两种方式。在本测验中，分别采用 CTT 和 IRT 两套分数来建立常模。CTT 常模分数的转换程序是先计算学生在所做测验上的原始分数，然后通过锚题的链接，采用等百分位等值的方法将 3 个题本上的分数放在同一量尺上。IRT 常模分数的转换是先通过题本间锚题的链接，采用同时性估计的方法估计出个体的数学学业成就值，然后通过正态化转换和线性转换，得到平均数为 500、标准差为 100 的标准分数。

在计算 CTT 的常模分数时，测验使用者可根据被试的作答及数学评分标准将选择题转化为 0/1 的得分形式、主观题转化为多级得分形式，被试在整个测验上所得分数的总和即是被试 CTT 的测验分数。

在计算 IRT 的常模分数时，测验使用者可根据被试的作答及通过全国常模所估计出的题目参数将被试在整个测验上的作答结果转化为 IRT 估计的数学能力值，进而得到被试 IRT 的测验分数。

对于 CTT 和 IRT 的常模分数，本测验均提供与其相对应的百分位数，以便于测验使用者了解不同分数在样本人群中所对应的位置。

3.5.3 常模版本

为了使测验的常模更为精确，并且便于测验使用者在不同群体下进行分数比较，儿童青少年数学学业成就测验在每个学段均建立了常模，包括发展常模（总体 1 套，各年级 1 套）、城乡常模（城市、县镇、农村各 1 套）及性别常模（男、女各 1 套）。需要注意的是，各版本的常模分数根据其样本群体计算所得，仅适用于此群体下的分数比较。

3.6 测验的技术指标

3.6.1 分数转换与技术指标概要

本测验与其他测验的不同之处在于，采用传统的经典测量理论（CTT）和现代的项目反应理论（IRT）两种方法对测验数据进行了转换。采用 CTT 方法时，我们主要计算受测者的答对个数，使用 Common Item Program for Equating 程序进行等值，将题册 B 和 C 的分数等值到题册 A 上。最终选取 Tucker 线性等值的结果作为 CTT 的等值分数。而使用 IRT 方法时，客观题采用的是 RASCH 的单维模型，主观题采用的是分步计分模型（PCM），而后通过 CONQUEST 对数据进行同时性估计，将项目参数和能力参数转换到相同的量尺上。

在上述分数转换的基础上，我们得到了一套测验的技术指标。总的来说，这些技术指标可以分为两个部分：一部分是项目水平的难度、区分度分析；另一部分是测验整体水平的信效度信息。在项目水平上，难度和区分度共同影响并决定试卷的鉴别性（漆书青等，2002）。本手册中难度的计算采用题目的通过率或平均得分率的计算方法。这个值越高，说明在该题上通过的人或是得高分的人越多，项目越简单；反之项目则越难。项目的区分度，即项目鉴别不同水平考生的能力大小。这里用考生在项目上的得分与测验总分的相关系数（题总相关）来表示，二者间的相关越高，表明项目的区分度越高，对考生能力的区分程度越好。在题本整体水平上，本测验用克隆巴赫 α 系数来考查测验的一致性信度，从内容效度、效标效度和结构效度三个方面来评估测验的效度。

3.6.2 测验的难度和区分度

计算各个学段各个题本题目的难度，分段统计各难度区间对应的题目数量，结果表明，各学段题目通过率多集中在50%左右，通过率小于10%或大于90%的题目所占比例很小，说明三个学段题目总体难度均处于中等水平（表3-3）。在题目难度分布上，各学段题目的难度分布均趋于正态，中等难度题目较多，困难和容易的题目较少。因此，总体上题目的难度与儿童青少年群体能力的分布基本对应，能够有效地测查不同能力的儿童青少年。

表3-3 数学学业成就测验三个学段题目难度的分布频次

通过率/%	题目数		
	学段一	学段二	学段三
<10	2	0	1
10~35	10	9	6
35~50	19	23	19
50~65	22	20	19
65~90	18	18	26
>90	1	2	3

从表3-4结果可以看出，各学段的区分度在0.30以上的题目占80%以上，多数题目的区分度集中在0.40~0.50。一般认为，试题的区分度在0.40以上表明此题的区分度很好，在0.30~0.40表明此题的区分度较好。可见，数学测验的多数题目都具有较好的区分度。

表3-4 数学学业成就测验三个学段题目区分度的分布频次

区分度	题目数		
	学段一	学段二	学段三
<0.10	3	0	0
0.10~0.20	4	2	0

区分度	题目数		
	学段一	学段二	学段三
0.20~0.30	8	7	4
0.30~0.40	21	16	10
>0.40	36	47	60

结果表明，儿童青少年数学学业成就测验题目的难度和区分度总体良好，能较好地区分测验所测查的目标群体。

3.6.3 测验的信度

在本测验中，对信度的测量主要包含两个方面：一个是主观题部分的评分者信度；另一个是测验整体的信度。

（1）评分者信度

在本测验中，除了选择题，还包含了一些需要学生自行构建答案的主观题。对主观题进行评分的准确性对于保证测验整体的信度是十分重要的。因此，在本测验的主观题评分过程中，我们采用部分双评的方法保证评分者信度，具体过程如下：总共招募了56名数学教育方向的研究生和一线教师作为评分者，其中第一、二学段各16名，第三学段24名。

建构评分者信度的过程如下：首先，对所有评分者进行培训，使每个评分者都能正确理解评分标准。其次，将评分者两两分组，进行预评分，即根据评分标准，每个评分者小组都评阅50份试卷，并对评分标准理解不清处进行讨论。最后，计算每个学段评分者的评分一致性系数，计算公式如下：

$$评分一致性系数 = 编码一致题目个数/编码总个数 \times 100\%$$

其中，第一、二学段的一致性系数都在90%以上，而第三学段只有90%。因此，我们又对第三学段的评分者进行评分标准的讲解和答疑，使评分者统一标准。接着每个评分者小组又评阅了250份试卷，并记录评分过程中的特殊情况，再次计算评分一致性系数。此时，三个学段的一致性系数都高于93%，达到了预期的要求。最后，由各个评分者各自评阅剩余试卷。

（2）内部一致性系数

表3-5为各学段及各年级在分题本下的内部一致性系数。可见，三个学段各题本的内部一致性系数为0.79～0.90。表明题本具有良好的信度。

表3-5　数学学业成就测验三个学段各题本的内部一致性系数

学段/年级	题本 A	题本 B	题本 C
学段一	0.83	0.82	0.79
2 年级	0.77	0.71	0.69
3 年级	0.84	0.83	0.80
学段二	0.88	0.86	0.86
4 年级	0.77	0.72	0.74
5 年级	0.86	0.84	0.85
6 年级	0.89	0.87	0.86
学段三	0.89	0.90	0.90
7 年级	0.78	0.78	0.79
8 年级	0.85	0.88	0.89
9 年级	0.91	0.91	0.92

3.6.4　测验的效度

（1）内容效度

内容效度研究的目的是要评估试题是否能充分代表相应的行为范围或特定的研究结构。评估内容效度的一种典型方法是找到一组独立的专家而不是试题编写者，让他们判断试题对所研究领域的取样是否适当。本测验在编制过程中主要通过以下工作的开展来确保测验的内容效度：其一，通过项目中心组和全国各专家组确立测验的框架和指标体系，明确测验的行为领域；其二，在拟定测验框架和指标体系的基础上编制总的和分学段的双向细目表，并依据双向细目表编制题目，确保试题与所测行为领域的匹配；其三，在从测验初步形成到修订完成最终版的整个过程中，不断邀请富有教学经验的教研员和一线教师审题，并在测验编制完成修订前召开专家论证会，判断试题对数学学业能力的取样是否恰当，根据反馈意见进一步完善和修改测验。因此，本测验的内容效度是可以得到保证的。

（2）效标效度

本测验通过计算测验成绩与杭州某区收集的同批被试统考成绩的相关作为效标效度指标。该效标为杭州某区教育学院根据《数学课程标准》和当地所用教材编制的测验，难度和区分度适中。由于考查的也是被试的数学学业成就水平，因而可以作为本测验的效标之一。由于本测验的结构并不完全按照《数学课程标准》，因而与效标的相关处于中等偏高的水平，具体结果见表3-6。从表中可以看出，数学学业成就测验与考生统考成绩的相关系数都达到了 0.50 以上，达到了我们的预期，部分证明了本测验能够有效预测被试的数学学业成就水平。

表 3-6　同批被试数学学业成就测验成绩与其统考成绩的相关系数

年　级	人　数	相关值
3 年级	2 761	0.53
6 年级	1 390	0.72
7 年级	1 283	0.81
8 年级	1 121	0.84

（3）结构效度

本测验从两个方面来考查测验的结构效度：一种方式为计算各维度合成分与总分间的相关；另一种方式则是通过比较样组间的差异，作为测验内部结构效度的指标，如果样组间的差异与预期差别不同，则需要分析测验作为该结构的测量工具的适当性。本测验将年级得分情况作为测验结构效度的指标。

在进行结构效度分析之前，需要对考试数据是否适合使用 IRT 模型分析进行检验，即 IRT 题目拟合分析。只有模型与数据拟合良好，才能进行下面的分析。

1）IRT 分析下题目的拟合值。题目的拟合值表示该题目拟合项目反应理论所设定的数学模型的程度。一般而言，拟合值应在 0.77 ~ 1.33，超过这个范围表示模型不能够对该题目进行良好的估计。运用单维 RASCH 模型对三学段共 9 个题本进行拟合分析发现，所有题目的拟合值均在标准之内，表明此模型能对这些题目进行较好的估计，也证明了测验的单维结构，在一定程度上保证了测验的结构效度。具体结果如图 3-1 ~ 图 3-9 所示。

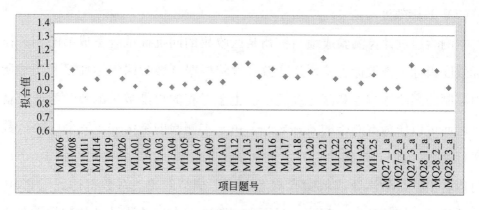

图 3-1 第一学段题本 A 的项目拟合值统计图

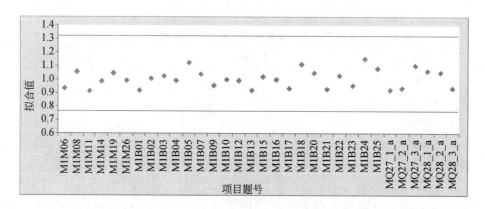

图 3-2 第一学段题本 B 的项目拟合值统计图

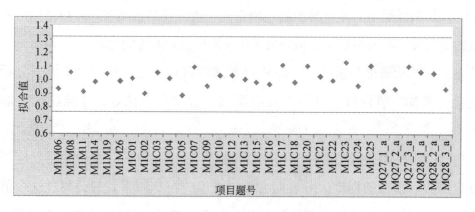

图 3-3 第一学段题本 C 的项目拟合值统计图

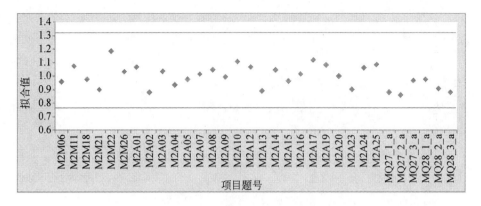

图 3-4　第二学段题本 A 的项目拟合值统计图

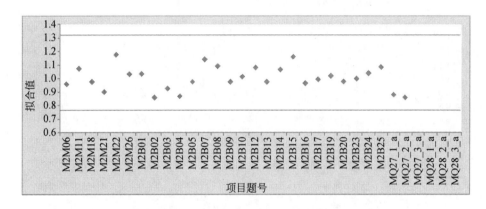

图 3-5　第二学段题本 B 的项目拟合值统计图

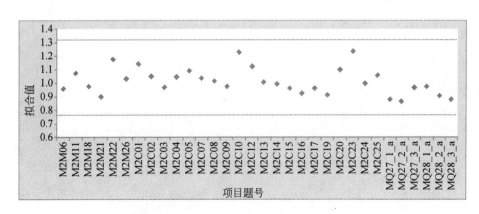

图 3-6　第二学段题本 C 的项目拟合值统计图

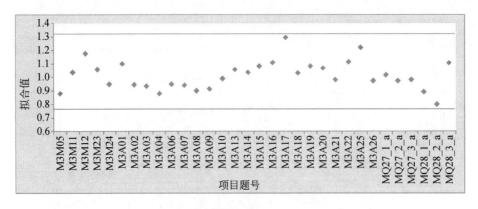

图 3-7　第三学段题本 A 的项目拟合值统计图

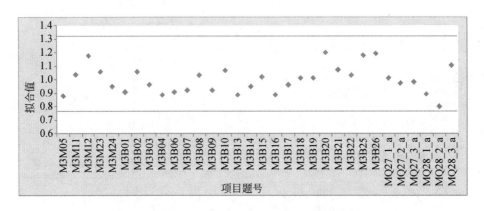

图 3-8　第三学段题本 B 的项目拟合值统计图

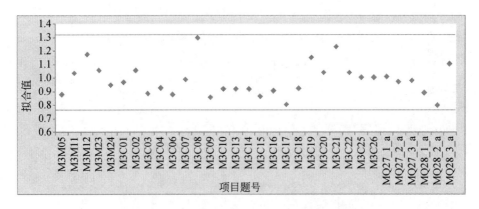

图 3-9　第三学段题本 C 的项目拟合值统计图

2）维度与总分相关。表 3-7、表 3-8 为数学学业成就测验各题本维度分与总分的相关。其中，内容维度中的数与代数、空间与图形，能力维度中的知道事实、应用规则、数学推理与总分具有较高的相关；内容维度中的概率与统计，能力维度中的非常规问题解决与总分具有中等程度的相关。

表 3-7 数学学业成就测验知识内容维度与总分的相关系数

题 本	数与代数	空间与图形	概率与统计
1A	0.89	0.86	0.70
1B	0.89	0.85	0.66
1C	0.88	0.83	0.70
2A	0.94	0.89	0.69
2B	0.93	0.87	0.69
2C	0.93	0.84	0.72
3A	0.94	0.93	0.64
3B	0.94	0.93	0.54
3C	0.94	0.94	0.62

表 3-8 数学学业成就测验能力维度与总分的相关系数

题 本	知道事实	应用规则	数学推理	非常规问题解决
1A	0.70	0.94	0.77	0.46
1B	0.62	0.96	0.75	0.25
1C	0.59	0.94	0.76	0.20
2A	0.74	0.93	0.90	0.72
2B	0.68	0.92	0.88	0.63
2C	0.77	0.91	0.89	0.63
3A	0.88	0.93	0.63	0.74
3B	0.83	0.93	0.12	0.73
3C	0.74	0.95	0.46	0.74

3）年级得分情况。从表 3-9 可以看出，各学段内，成绩随着年级呈递增趋势，低年级的分数最低，中年级次之，高年级最高。数学学业成就测验分数符合年级发展趋势。

表 3-9 三个学段内各年级学生的数学学业成就测验分数

学 段	年 级	A 题本			B 题本			C 题本		
		人数	IRT 分数	CTT 分数	人数	IRT 分数	CTT 分数	人数	IRT 分数	CTT 分数
学段一	2 年级	1205	464.80	14.55	1200	455.31	14.13	1193	464.46	14.48
	3 年级	1202	539.71	19.24	1203	535.99	19.10	1203	539.43	19.51
学段二	4 年级	1227	446.16	11.79	1197	455.23	11.78	1186	434.53	11.26
	5 年级	1185	505.89	15.93	1222	504.96	15.78	1197	495.07	15.85
	6 年级	1193	560.27	19.73	1202	555.99	19.56	1216	541.84	19.11

学　段	年　级	A 题本			B 题本			C 题本		
		人数	IRT 分数	CTT 分数	人数	IRT 分数	CTT 分数	人数	IRT 分数	CTT 分数
学段三	7 年级	1215	442.92	13.46	1199	452.63	14.00	1195	446.78	13.81
	8 年级	1206	497.99	17.89	1198	496.39	17.26	1197	496.49	17.38
	9 年级	1173	558.37	22.59	1193	557.10	22.11	1200	553.40	21.80

第4章　中国儿童青少年社会适应量表简介

4.1　儿童青少年社会适应量表概论

4.1.1　量表编制的背景与目的

社会适应是儿童青少年心理适应的重要方面，与其人际交往、社会环境适应有密切的关系。

目前，对于社会适应所包括的内容并没有达成共识。研究者根据自己的不同理解或不同的研究目的进行分类。有人认为，社会适应是指儿童在与他人的关系中表现出来的行为模式、情感、态度和观念以及这些方面随着年龄而发生的变化（张文新，1999）。也有人认为，社会适应包括社会性情绪、对父母的依恋、气质、道德感和道德标准、自我意识、性别角色、亲善行为、对自我和攻击性的控制、同伴关系，等等（Mussen et al.，1990）。还有人认为，儿童的社会适应包括情绪、对周围亲人的亲密关系、自我概念、社会技能、性别角色以及以攻击性、利他性为核心的道德发展（Shaffer，2000）。

为了开发测查中国儿童青少年社会适应的有效工具，我们在充分论证儿童青少年社会适应关键指标的基础上，编制或修订了中国儿童青少年社会适应系列量表，并对全国样本进行了测查，建立了中国4～9年级儿童青少年各项社会适应指标的常模。

在编制或修订儿童青少年社会适应测查工具时，我们主要遵循了以下几条基本原则。

1）科学性：社会适应测查工具应该具有良好的心理测量学指标，能从根本上保证数据和结果的科学性。

2）适用性：儿童青少年的社会适应反映了社会环境的重要作用，不同文化的儿童青少年在社会适应上必然具有各自的文化特色。中国是一个文化、经济、教育等方面发展非常不均衡的国家，存在显著的地区差异，因此，社会适应的指标和工具应该适用于我国不同地区的儿童青少年。

3）发展敏感性：社会适应测查工具应反映不同年龄段儿童青少年社会适应的主要特点。

4）简便性：为了便于进行大样本的测查，社会适应测查工具要具有简单易操作、简洁不费时的特点。

4.1.2　量表的编制与修订过程

社会适应量表的编制严格按照标准化流程进行。首先，根据测查指标初步编制或选定量表，通过多次预试，对量表的题目表述、反应方式等进行修改，并对量表的信效度等技术指标进行分析；之后，在此基础上对量表进行多次修订；最后，形成包含施测方式、指导语、测试题目、计分方式以及编码规则在内的标准化测查工具。

社会适应量表的来源主要有三个：对在国内外已广泛使用的测验工具进行进一步修订；对国外较权威但国内较少使用的测验工具进行修订；根据研究构想自行编制测验工具。

对在国内外广泛使用的测验工具的修订：根据具体的测查指标，选择一个或几个在国内外广泛使用且成熟的测验工具，通过预试进行筛选和修订。例如，儿童青少年公正感的测查选择了 Dalbert（2001）编制的公正世界信念量表（Just World Scale，JWS），该量表在国内外得到广泛使用，并且信效度稳定，简单易用。

对在国外较权威但国内使用较少的工具进行修订：对一些在国外研究比较成熟、但国内使用较少的工具进行了研究对象适宜化的修订。例如，多维生活满意度量表就是对 Huebner（1994）编制的多维学生生活满意度量表（Multidimensional Students' Life Satisfaction Scale，MSLSS）的中文修订和简化修订。

根据研究构想自行编制测验工具：针对当前儿童青少年社会适应的一些重要问题，自行编制相关的测验工具，如儿童青少年价值观量表等。

社会适应系列量表的编制或者修订经历了四次预试。

第一次预试：主要是个别访谈和小范围的集体测试。个别访谈选取了北京海淀区和石景山区1年级18名、3年级10名、4年级8名、5年级10名和8年级29名学生（共计75名）及其教师。主要目的是考查工具和题目的适用性以及评分方式的可行性等。小范围的集体预试选取了北京昌平区、朝阳区1、3、8年级共计399名中小学生进行集体施测，以考查工具的适用性（工具的信效度对不同年级的适用性，学生对例题、指导语、题目的理解等）、施测方式的适用性（测试的组织形式、主试操作流程、完成测试所需时间等）等。预试后进行了测试工具的确定、测验题目的删减、反应方式的调整等。

第二次预试：较大范围的集体测试。选取了辽宁大连、广西桂林和西藏拉萨三个地区的1、3、5、8年级共计1142名中小学生进行测查。主要目的是为了考查指标和题目在全国范围的适用性（包括题目、指导语和评定方式等），并对测验工具的信效度进行检验，同时考查不同地区学生完成测查的时间，以期为全国正式施测提供参考。在此基础上，对工具进行调整，并对题目进行进一步修改。

第三次预试：局部地区的小范围集体测试。选择北京大兴区和密云区4、5、6、7、8年级共计320名中小学生进行集体施测，以考查修改后或者新调整工具的适用性，包括题目、指导语和评定方式等，并考查了新调整工具的信效度。对测查工具进行了系统修改并定稿。

第四次预试：小范围的集体测试。选取北京昌平区和朝阳区4、5、7年级共计104名中小学生进行了集体施测，在一个月后进行了重测，并对相关的效标工具进行了施测，以获取测查工具的重测信度和效标关联效度的指标。

由于各类测验工具编制或修订的程序不完全一样，各量表预试的程序不尽相同，但都通过预试完成了确定工具、筛选题目、修订表述方式和反应方式、收集信效度等。

4.1.3　量表的取样

在反复预试的基础上，我们完善并最终确定了"中国4~9年级儿童青少年社会适应系列标准化测查工具",并计划选取全国标准化样本量为 24 000 份。其中,小学学校样本为 400 所,初中学校样本为 200 所;对应的小学生为 12 000 名,初中生为 12 000 名。全国标准化样本的抽取采用三阶段不等概率抽样,即抽取初级抽样单元(100 区县)、抽取学校(400 所小学、200 所中学)和抽取学生(24 000 名)。其中,抽取区县和学校是完全按照与人口数成比例的 PPS 随机取样(按容量比例概率取样)完成,抽取学生是完全随机取样。

根据上述取样标准,项目实际取样为 24 070 份,有效样本量为 24 013 份。其中,实际取样的小学为 413 所,初中为 206 所。

4.1.4 常模的建立

我们基于 24 013 名儿童青少年的全国代表性数据,建立了中国 4~9 年级儿童青少年社会适应的全国常模。社会适应系列工具的常模建构遵循一般常模建立的标准化原则。首先,对测验原始分数进行转化,包括反向计分转化和原始分数重新赋值转化。其次,按照每个工具的具体要求合成相应的总分或者平均分。最后,在此基础上,按照地区、城乡、性别、年级等区分标准化样组的变量为每个标准化测验建立常模。

社会适应系列工具常模的制定,严格遵守心理学取样标准和常模制定的相关标准。样本是按照分层取样的方法选取的,所用数据按照严格的数据采集质量监控程序获取,具有很高的代表性,真实可靠。所建立的常模具有较高的可推广性,可为以后的研究提供数据参考和衡量标准。

4.2 社会适应具体量表简介

4.2.1 儿童青少年主观幸福感量表

主观幸福感,主要是指个体依据自己设定的标准对其生活质量所作的整体评价,是衡量个人和社会生活质量的一种重要的综合性心理指标(侯建华,1996)。主观幸福感,是指人们对自身生活满意程度的认知评价(Diener et al.,

1999）。主观幸福感包括生活满意度和情感体验两个基本成分，前者是个体对生活质量总体的认知评价，即在总体上对个人生活做出满意判断的程度；后者是指个体生活中的情感体验，包括积极情感（愉快、轻松等）和消极情感（抑郁、焦虑、紧张等）两个方面。主观幸福感不仅影响学生的学业成绩，而且影响个体的情绪体验和生活目标定位等，对青少年整体心理健康发展起着重要作用（马颖等，2005）。

Campbell 等人在1976年编制了幸福感指数量表（Index of Well-Being），测查了2164名成人当前所体验到的幸福感程度。该量表来源于大型调查研究，具有大型调查工具所需的简洁、易操作的特点，能够反映幸福感的总体状况（Campbell et al.，1976）。国外大量研究使用了此量表，信效度良好（Daniel et al.，2006）。国内的相关研究也使用了此量表（姚春生，1995）。

我们对幸福感指数量表进行了修改，形成了适用于中国4～9年级儿童青少年的主观幸福感量表。量表的修订经过了两次预试。修订后的儿童青少年主观幸福感量表信效度各项指标都符合心理测量学标准。随后使用该量表对全国24 013名4～9年级学生进行了测查，进一步分析其测量学指标，并建立了全国常模。

（1）测查内容

儿童青少年主观幸福感量表用于测查被试目前所体验到的幸福程度，包括总体情感指数和生活满意度两个维度。总体情感指数维度从不同角度描述了儿童青少年对生活总体的感受，生活满意度维度描述了儿童青少年对于生活总体的满意度情况。

（2）适用范围

该量表主要适用于中国4～9年级儿童青少年。

（3）计分方式与结果解释

儿童青少年主观幸福感量表为学生自评量表，共9题，包括两个维度：总体情感指数和生活满意度。

该量表采取1～7点计分。幸福感量表总得分由总体情感指数维度的平均得分（权重1）与生活满意度量表维度（权重1.1）相加，得分范围在2.1（最不幸福）和14.7（最幸福）之间，得分越高，表明个体所体验的幸福程度越高。

（4）信效度检验

1）信度。对 22 960 人的有效样本进行统计分析发现，该量表总体克隆巴赫 α 系数 (Cronbach's Alpha) 为 0.87。对 105 人的有效样本间隔一个月的重测信度为 0.73，具体结果见表 4-1。

表 4-1　儿童青少年幸福感量表的内部一致性系数

题目数	克隆巴赫 α 系数（$N = 22960$）	重测信度（$N = 105$）
9	0.87	0.73

注：N 为有效样本量，下同

2）效度。①结构效度。对 24 013 个有效样本的验证性因素分析发现，儿童青少年幸福感量表的验证性因素分析模型拟合指数比较理想，各项目载荷在 0.59~0.73，符合心理测量学标准，有较好的结构效度。具体结果见表 4-2。②效标关联效度。以 Diener 等（1985）编制的一般生活满意度量表为效标，与 118 个有效样本的儿童青少年主观幸福感得分进行相关分析，发现两者具有中等程度的相关。具体结果见表 4-3。

表 4-2　儿童青少年幸福感量表的验证性因素分析模型拟合指数（$N = 24\ 013$）

χ^2	df	χ^2/df	CFI	TLI	RMSEA
2897.80	27	107.33	0.96	0.95	0.07

表 4-3　儿童青少年主观幸福感量表与一般生活满意度量表相关系数（$N = 118$）

	儿童青少年主观幸福感量表	
	生活满意度维度	总体情感指数维度
一般生活满意度量表	0.45 **	0.41 **

** 表示 $p < 0.01$

（5）常模

儿童青少年主观幸福感量表常模较好地反映了中国 4~9 年级儿童青少年主观幸福感的特点，可作为今后儿童青少年主观幸福感研究与应用的测查标准。常模分数有三种类型，分别是平均数标准误常模、百分位数常模和标准分数常模。除总体的年级常模外，我们还建立了性别常模、地区常模和城乡常模。

4.2.2　儿童青少年生活满意度量表

生活满意度是个体基于自身设定的标准对其生活质量作出的主观评价（Shin et al.，1978）。生活满意度包括总体生活满意和特殊领域满意度两个方面，总体生活满意度是对个人生活质量的总体评价；特殊领域满意度是对不同生活领域的具体评价，如家庭生活满意度、学校满意度、社区满意度等（金盛华，2003）。

美国学者 Huebner（1994）编制的多维学生生活满意度量表 MSLSS，田丽丽等（2005）对该量表进行了中文版的翻译和初步修订），是目前应用最为广泛的青少年生活满意度测量工具。量表包括家庭、朋友、学校、生活环境、自我五个维度；每个维度代表一个生活领域；每个维度所包含题目的得分均值即为该维度的得分；得分越高，表明在该领域的满意程度越高。在测量时，分别考查个体在家庭、朋友、学校、居住环境、自我这五个生活领域的特殊生活满意度，总体生活满意度为各领域得分的平均值。

我们对 Huebner 编制的多维学生生活满意度量表作了进一步的修订，形成了儿童青少年生活满意度量表。随后使用该量表对全国 24 013 名 4~9 年级学生进行了测查，进一步分析其测量学指标，并建立了全国常模。

（1）测查内容

儿童青少年生活满意度量表用于测查被试目前对自己生活状况的总体满意程度，以及对自己的家庭、朋友、学校、居住环境、自我五个生活领域状况的满意程度。

（2）适用范围

该量表主要适用于中国 4~9 年级儿童青少年。

（3）计分方式与结果解释

儿童青少年生活满意度量表为学生自评量表，共 25 题，包括以下五个维度：家庭生活满意度、学校生活满意度、居住环境满意度、自我满意度和朋友满意度。

该量表采取 4 点计分，每个项目的"很不同意、不太同意、基本同意、很同意"分别计为"1、2、3、4"。每个维度所包含题目的得分的均值为该维度的得分，得分越高，表明学生在该生活领域的满意程度越高。每个维度均分相加除以维度数得到量表总均分，得分越高，表示学生的生活满意度越高。

（4）信效度检验

1）信度。对 22 883 人的有效样本进行统计分析发现，该量表总体的克隆巴赫 α 系数（Cronbach's Alpha）为 0.86，各个维度的克隆巴赫 α 系数在 0.63 ~ 0.86。对 89 人的有效样本间隔一个月的重测信度为 0.47，家庭生活、学校生活、居住环境、自我、朋友关系满意度 5 个维度的重测信度为 0.42 ~ 0.58。具体结果见表 4-4。

表 4-4　儿童青少年生活满意度量表的内部一致性系数

维度（样本量）	题目数	克隆巴赫 α 系数	重测信度
家庭生活满意度（$N = 23\ 659$）	5	0.71	0.47
学校生活满意度（$N = 23\ 644$）	5	0.69	0.58
居住环境满意度（$N = 23\ 650$）	5	0.63	0.42
自我满意度（$N = 23\ 789$）	5	0.72	0.54
朋友关系满意度（$N = 23\ 686$）	5	0.76	0.55
儿童青少年生活满意度量表（$N = 22\ 883$）	25	0.86	0.47

2）效度。①结构效度。对 24 013 个有效样本进行验证性因素分析发现，儿童青少年生活满意度量表的验证性因素分析模型拟合指数符合心理测量学标准，各项目的载荷在 0.39 ~ 0.73 之间，表明其结构效度较好。具体结果见表 4-5。②效标关联效度。以一般生活满意度量表（Diener et al.，1985）和儿童抑郁量表（Kovacs，1992）为效标，对 1408 人的有效样本进行相关分析发现，儿童青少年生活满意度量表与一般生活满意度量表具有中等程度的相关。具体结果见表 4-6。

表 4-5　儿童青少年生活满意度量表的验证性因素分析模型拟合指数（$N = 24\ 013$）

χ^2	df	χ^2/df	CFI	TLI	RMSEA
10 275.09	265	38.77	0.92	0.91	0.04

表 4-6　儿童青少年生活满意度量表与一般生活满意度量表、儿童抑郁量表的
相关系数（$N = 1408$）

	一般生活满意度量表	儿童抑郁量表
儿童青少年生活满意度量表	0.65 **	− 0.50 **

** 表示 $p < 0.01$

（5）常模

儿童青少年生活满意度量表常模较好地反映了中国 4～9 年级儿童青少年生活满意度的特点，可作为今后儿童青少年生活满意度研究与应用的测查标准。常模分数有三种类型，分别是平均数标准误常模、百分位数常模和标准分数常模。除总体的年级常模外，我们还建立了性别常模、地区常模和城乡常模。

4.2.3　儿童青少年孤独感量表

孤独感是个体感知到自身社会及人际关系中的缺失，进而产生的悲伤、空虚或情感饥渴的情绪反应（Cassidy et al.，1992）。孤独感是存在于青少年中的一个普遍问题（Jones et al.，1991）。国外现已将孤独感作为评定个体心理健康水平的一个重要指标（Murphy，1992），国内也有研究表明儿童青少年的心理健康水平与孤独感有显著性相关（刘娅俐，1995）。

Asher 等（1984）编制的儿童孤独感量表（Children's Loneliness Scale，CLS；该量表的中文版本由刘平等编译）是目前国内外使用和引证最为广泛的针对儿童孤独感的测查问卷，信效度等测量学指标良好。该量表有 24 个项目，包括 16 个孤独项目和 8 个关于个人爱好的插入项目（和孤独的测量无关，为使儿童在回答时能够更坦诚、放松），适用范围为 3～6 年级学生。量表项目总分即为儿童孤独感的得分，得分越高，表明代表儿童孤独感越强。

本量表是基于对儿童孤独感量表进行了修订，形成了儿童青少年孤独感量表中文版，并对全国 24 013 个样本进行测查，建立了常模。

（1）测查内容

儿童青少年孤独感量表用于测查被试所体验到的孤独程度，主要包括儿童青少年的孤独感、对自己社交能力和目前同伴关系的评价以及对重要关系需要未满足程度的知觉等内容。

（2）适用范围

该量表主要适用于中国 4～9 年级儿童青少年。

（3）计分方式与结果解释

儿童青少年孤独感量表为学生自评量表，共 16 题，是单维量表。

该量表采取 4 点计分，每个项目的"很不符合、不太符合、基本符合、很符合"分别计为"1、2、3、4"。将所有题目得分相加即为被试孤独感的得分，得分范围为 16～64 分；得分越高，表明该被试孤独感越强。

（4）信效度检验

1）信度。对 23 973 人的有效样本进行统计分析发现，儿童青少年孤独感量表的克隆巴赫 α 系数（Cronbach's Alpha）为 0.89。对 93 人的有效样本间隔一个月的重测信度为 0.75，具体结果见表 4-7。

表 4-7　儿童青少年孤独感量表的内部一致性系数

题目数	克隆巴赫 α 系数（$N = 23\,973$）	重测信度（$N = 93$）
16	0.89	0.75

2）效度。①结构效度。对 24 013 人的有效样本进行了验证性因素分析。考虑到反向计分题目可能存在答题偏差影响，将正、反向题目区分开来的二阶验证性因素分析模型的拟合指数均符合心理测量学标准，各项目的载荷在 0.43～0.75，表明该量表的结构效度较好。具体结果见表 4-8。②效标关联效度。以儿童抑郁量表（Reynolds et al.，1978）和儿童显在焦虑量表（Kovacs，1992）为效标，对有效样本进行相关分析发现，儿童青少年孤独感量表与儿童抑郁量表的相关为 0.25，与儿童显在焦虑量表的相关为 0.21。具体结果见表 4-9。

表 4-8　儿童青少年孤独感量表的验证性因素分析模型拟合指数（$N = 24\,013$）

χ^2	df	χ^2/df	CFI	TLI	RMSEA
11 361.53	102	111.39	0.92	0.90	0.07

表 4-9　儿童青少年孤独感量表与儿童抑郁量表、儿童显在焦虑量表的相关系数

	儿童抑郁量表（$N = 93$）	儿童显在焦虑量表（$N = 96$）
儿童青少年孤独感量表	0.25**	0.21**

** 表示 $p < 0.01$

（5）常模

儿童青少年孤独感量表常模较好地反映了中国 4 ~ 9 年级儿童青少年孤独感的特点，可作为今后儿童青少年孤独感研究与应用的测查标准。常模分数有三种类型，分别是平均数标准误常模、百分位数常模和标准分数常模。除总体的年级常模外，我们还建立了性别常模、地区常模和城乡常模。

4.2.4　儿童青少年亲社会行为量表

亲社会行为，通常是指一切有益于他人和社会的行为。研究者经常以帮助、合作、分享、同情、安慰、捐赠、自我牺牲等作为亲社会行为的代表（Wispe，1972；寇彧等，2004；章志光等，1996；张文新，1999）。

寇彧等（2006）在对青少年亲社会行为概念表征的研究中，采用系统聚类分析和探索性因素分析的方法，通过分析青少年对 43 种亲社会行为所作的符合程度的评价，发现青少年亲社会行为概念原型由遵规与公益性亲社会行为、特质性亲社会行为、关系性亲社会行为、利他性亲社会行为四个维度构成。本量表在寇彧等（2006）的亲社会行为研究的基础上，抽取其四个维度中每个维度因子载荷较高的 3 种亲社会行为，编制成亲社会行为量表，并通过全国 24 013 个样本的测查，对其进行修订和建立常模。

（1）测查内容

儿童青少年亲社会行为量表测查了利他性亲社会行为、遵规和公益性亲社会行为、关系性亲社会行为和特质性亲社会行为等。量表为单一维度，反映了亲社会行为的总体状况。

（2）适用范围

该量表主要适用于中国 4 ~ 9 年级儿童青少年。

（3）计分方式与结果解释

儿童青少年亲社会行为量表为学生自评量表，共 12 题，是单维量表。

该量表采取 4 点计分，每个项目的"从不、有时、经常、总是"分别计为"1、2、3、4"。将所有题目得分相加即为被试亲社会行为得分，得分范围为 12 ~ 48 分；得分越高，表明该被试表现出更多的亲社会行为。

（4）信效度检验

1）信度。对 23 963 人的有效样本进行分析，发现亲社会行为量表总体的克隆巴赫 α 系数（Cronbach's Alpha）为 0.85。对 88 人的有效样本间隔一个月的重测信度为 0.61。具体结果见表 4-10。

表 4-10　儿童青少年亲社会行为量表的内部一致性系数

题目数	克隆巴赫 α 系数（N = 23 963）	重测信度（N = 95）
12	0.85	0.61

2）效度。①结构效度。对 24 013 人的有效样本进行验证性因素分析发现，该量表的验证性因素分析模型拟合指数比较理想，各项目的载荷在 0.48 ~ 0.66，符合心理测量学标准，表明亲社会行为量表的结构效度较好。具体结果见表 4-11。②效标关联效度。以教师评价亲社会行为问卷为效标，该问卷是由 4 道自编题目组成的。对 95 人的有效样本进行相关分析发现，亲社会行为学生自评问卷与教师评价学生亲社会行为问卷的相关为 0.35（$p < 0.01$）。

表 4-11　儿童青少年亲社会行为量表的验证性因素分析模型拟合指数（N = 24 013）

χ^2	df	χ^2/df	CFI	TLI	RMSEA
4771.83	54	88.37	0.94	0.92	0.06

（5）常模

亲社会行为量表常模较好地反映了中国 4 ~ 9 年级儿童青少年亲社会行为的特点，可作为今后儿童青少年亲社会行为研究与应用的测查标准。常模分数有三种类型，分别是平均数标准误常模、百分位数常模和标准分数常模。除总体的年级常模外，我们还建立了性别常模、地区常模和城乡常模。

4.2.5　儿童青少年攻击行为量表

攻击行为是一种故意伤害他人，并给他人带来身体和心理伤害的行为活动（Anderson et al.，2002）。该定义强调了攻击行为必须同时具有伤害动机或意图、伤害行为和伤害后果（生理和心理）三个要素。

测评攻击行为的方法有多种，其中最常用也最简便的是问卷法或量表法（王益文等，2004）。加拿大儿童和青少年追踪调查项目（The National Longitudinal Survey of Children and Youth，NLSCY），在对加拿大儿童和青少年从出生到成年早期这一阶段的成长和健康状况进行纵向追踪调查的研究中，使用了儿童青少年攻击行为量表来调查儿童青少年身体攻击和间接攻击两方面的攻击行为。问卷共10个项目，由10~15岁的儿童青少年自己填写。NLSCY对间接攻击、女生的攻击行为等进行了长期的追踪研究，证明该问卷有较好的稳定性。

为了较好地在大型群体测查中了解儿童青少年的攻击行为表现，本量表借鉴NLSCY使用的儿童青少年攻击行为量表，对其进行了改编和修订，形成了儿童青少年攻击行为量表。然后，使用儿童青少年攻击行为量表对全国24 013名4~9年级学生进行了测查，进一步分析其测量学指标，并建立了全国常模。

（1）测查内容

儿童青少年攻击行为量表主要测查了儿童青少年的攻击行为，即伤害或损害他人的行为，分身体攻击和间接攻击两个维度。身体攻击是指对同伴进行身体上的侵害，间接攻击是指利用各种隐蔽的手段破坏同伴的社会关系。

（2）适用范围

该量表主要适用于中国4~9年级儿童青少年。

（3）计分方式与结果解释

儿童青少年攻击行为量表为学生自评量表，共10题，包括两个维度：身体攻击和间接攻击。

该量表采取4点计分，每个项目的"从不、有时、经常、总是"分别计为"1、2、3、4"。每个维度所包含的题目的得分的均值为该维度的得分。得分越高，表明被试该类攻击行为越多。

（4）信效度检验

1）信度。对23 424人的有效样本进行统计分析发现，儿童青少年攻击行为量表总体和各分量表的克隆巴赫α系数（Cronbach's Alpha）为0.71~0.80。对106人的有效样本间隔一个月的重测的结果进行统计发现，总体和各分量表的重测信度为0.57~0.71，具体结果见表4-12。

表 4-12　儿童青少年攻击行为量表的内部一致性系数

维度（样本量）	题目数	克隆巴赫 α 系数	重测信度（$N = 106$）
身体攻击（$N = 23\,635$）	5	0.71	0.57
间接攻击（$N = 23\,709$）	5	0.74	0.59

2）效度。①结构效度。对 24 013 人的有效样本进行验证性因素分析发现，儿童青少年攻击行为量表的验证性因素分析模型拟合指数比较理想，各项目的载荷在 0.46 ~ 0.74，符合心理测量学标准，表明该量表的结构效度较好。具体结果见表4-13。②效标关联效度。以由 Achenbach 等（2001）编制的青少年自评量表（YSR）的攻击行为因子为效标，对 106 个有效样本进行相关分析发现，攻击行为量表与青少年自评量表的攻击行为因子的相关为 0.66（$p < 0.01$）。

表 4-13　儿童青少年攻击行为量表的验证性因素分析模型拟合指数（$N = 24\,013$）

χ^2	df	χ^2/df	CFI	TLI	RMSEA
3 408.95	34	100.26	0.94	0.92	0.06

（5）常模

儿童青少年攻击行为量表较好地反映了中国 4 ~ 9 年级儿童青少年攻击行为的特点，可作为今后儿童青少年攻击行为研究与应用的测查标准。常模分数有三种类型，分别是平均数标准误常模、百分位数常模和标准分数常模。除总体的年级常模外，我们还建立了性别常模、地区常模和城乡常模。

4.2.6　校园欺负量表

欺负是中小学生之间经常发生的一种特殊类型的攻击行为（张文新，1999）。在研究儿童和青少年受欺负问题时，经常使用的方法有自陈法、提名法、个体访谈和观察法。其中，自陈法为受欺负问题的研究提供了一个独特视角，即它从受欺负者的角度描述欺负行为。由于欺负通常发生在缺少或没有成人监督的时间和场所，自陈法所提供的信息也比较可靠、有效。Olweus（1993）编制的欺负问卷（Bully/Victim Questionnaire）被公认为是较好的测量工具，国外近年来关于儿童欺负问题的一些主要的调查研究均是利用这一工具完成的

（Jonassen et al.，1993）。张文新（1999，2002）对 Olweus 的欺负问卷做了翻译和修订，并用此工具作了一系列相关研究。

为了对中国儿童青少年在学校受欺负状况进行测查，我们先综合分析了目前有关被欺负测量的国内外研究文献，参考了国内外大型调查项目的研究成果，并在张文新有关欺负问卷的研究基础上，自编了校园欺负量表。然后，使用校园欺负量表对全国 24 013 名 4~9 年级学生进行了测查，进一步分析其测量学指标，并建立了全国常模。

（1）测查内容

校园欺负量表主要测查学生在学校受欺负的具体形式和频次。

（2）适用范围

该量表主要适用于中国 4~9 年级儿童青少年。

（3）计分方式与结果解释

校园欺负量表为学生自评量表，共 7 题，是单维量表。

该量表采取 5 点计分，每个项目的"没有、1 次、2 次、3~4 次、5 次及以上"分别计为"1、2、3、4、5"。所有题目得分的均值为校园欺负量表得分。在计算均值时，将选项得分依次减 1，每个项目的 5 个计分选项的"没有、1次、2 次、3~4 次、5 次及以上"分别计为"0、1、2、3、4"分。均值越高，表明被试受欺负程度越严重。

（4）信效度检验

1）信度。对 23 958 人的有效样本进行统计分析发现，校园欺负量表总体的克隆巴赫 α 系数（Cronbach's Alpha）为 0.78。有效样本 104 人间隔一个月的总体重测信度为 0.70。具体结果见表 4-14。

表 4-14　校园欺负量表的内部一致性系数

题目数	克隆巴赫 α 系数（N=23 958）	重测信度（N= 104）
7	0.78	0.70

2）结构效度。对 24 013 人的有效样本进行验证性因素分析发现，校园欺负量表的验证性因素分析模型拟合指数比较理想，各项目的载荷在 0.35~0.66，表明校园欺负量表的结构效度较好。具体结果见表 4-15。

表 4-15　校园欺负量表的验证性因素分析模型拟合指数（N = 24 013）

χ^2	df	χ^2/df	CFI	TLI	RMSEA
1 879.68	14	134.26	0.95	0.93	0.07

（5）常模

校园欺负量表常模较好地反映了中国 4～9 年级儿童青少年校园欺负的特点，可作为今后儿童青少年校园欺负研究与应用的测查标准。常模分数有三种类型，分别是平均数标准误常模、百分位数常模和标准分数常模。除总体的年级常模外，我们还建立了性别常模、地区常模和城乡常模。

4.2.7　网络成瘾量表

网络成瘾，是指个体不能控制自己对互联网的使用，其核心是冲动控制障碍。这一概念是 Young（1996）根据病理赌博（pathological gambling）的症状和概念演绎而来的。

针对网络成瘾的测查，Young 提出的网络成瘾诊断测验（the internet addiction diagnostic questionnaire，IADQ ）是比较常用的一个量表。该量表是 Young 于 1996 年根据《美国精神疾病分类与诊断手册 IV》中对病理性赌博的判断标准而提出网络成瘾概念、并在此概念的基础上编制的（Young，1996）。主要从个体对互联网的冲动控制、耐受性、戒断症状及其造成的消极后果来判断网络成瘾情况。国内毛英明等将 Young 的"网络成瘾诊断测验"译成了中文。

为了形成适用于中国儿童青少年的网络成瘾测验工具，我们选择了对 Young 的"网络成瘾诊断测验"（8 题）进行了修订，在文字修订的同时，增加了"你是否常常为上网花很多钱？"和"下网时你是否觉得心情不好，一上网就会来劲头？"两个题目，形成网络成瘾量表。然后，使用网络成瘾量表对全国 24 013 名 4～9 年级学生进行了测查，进一步分析其测量学指标，并建立了全国常模。

（1）测查内容

网络成瘾量表测查个体对互联网的冲动控制、耐受性、戒断症状及其造成的消极后果等方面。

（2）适用范围

该量表主要适用于中国4~9年级儿童青少年。

（3）计分方式与结果解释

网络成瘾量表为学生自评量表，共10题，是单维量表。

该量表采取2点计分，每个项目选"是"计1分，选"否"计0分。10道题目加和求总分为网络成瘾量表得分，得分范围为0~10分；得分越高，表明被试网络成瘾程度越高。

（4）信效度检验

1）信度。对23 748人的有效样本进行统计分析发现，网络成瘾量表的克隆巴赫α系数（Cronbach's Alpha）为0.79。对98人的有效样本间隔一个月的重测信度为0.64。具体结果见表4-16。

表4-16 网络成瘾量表的内部一致性系数

题目数	克隆巴赫α系数（N = 23 748）	重测信度（N = 118）
10	0.79	0.64

2）结构效度。对24 013人的有效样本进行验证性因素分析发现，网络成瘾量表的验证性因素分析模型拟合指数比较理想，各项目的载荷在0.58~0.81，符合心理测量学标准，表明网络成瘾量表的结构效度较好。具体结果见表4-17。

表4-17 网络成瘾量表的验证性因素分析模型拟合指数（N = 24 013）

χ^2	df	χ^2/df	CFI	TLI	RMSEA
1 498.52	35	42.82	0.97	0.96	0.04

（5）常模

网络成瘾量表较好地反映了中国4~9年级儿童青少年网络成瘾的特点，可作为今后儿童青少年网络成瘾研究与应用的测查标准。常模分数有三种类型，分别是平均数标准误常模、百分位数常模和标准分数常模。除总体的年级常模外，我们还建立了性别常模、地区常模和城乡常模。

4.2.8 儿童青少年自我认识量表

自我认识，也称自我概念，是多维度、多层次的范畴体系，Shavelson 等

（1976）将其界定为："通过经验和对经验的理解而形成的个体的自我知觉，这种自我知觉源于对人际互动、自我属性和社会环境的体验。"自我认识是自我系统的认知成分，是自我体验和自我管理的基础，在自我系统中具有重要的作用。

自我认识的测量工具，比较常用的是 Marsh 等人编制的自我描述问卷。自我描述问卷分为 I 型、II 型和 III 型，适用于不同年龄的被试（Marsh et al.，1985a；Marsh，et al.，1985b；Marsh et al.，1988）。其中自我描述问卷 II 型的适用范围是 7~10 年级的中学生，也可根据需要向两端延伸。该问卷分为学业自我、非学业自我和一般自我三个维度，包括 11 个分量表（每个分量表 8~10 题），共 102 个项目。量表采用 6 点计分，从"完全符合"到"完全不符合"。陈国鹏等（1997）翻译了该问卷，并编制了上海常模，他们的研究结果表明，自我描述问卷在中国试用的结果令人满意，其测题和各分量表形式能基本反映学生的自我概念情况，问卷的信、效度指标也较为理想。

为了形成便于测查中国儿童青少年自我认识的工具，我们先根据陈国鹏等（1997）修订的自我描述问卷中部分维度题目构成预试问卷，并在多次预试的基础上形成了儿童青少年自我认识量表。然后，使用儿童青少年自我认识量表对全国 24 013 名 4~9 年级学生进行了测查，进一步分析其测量学指标，并建立了全国常模。

（1）测查内容

自我认识量表分为学业自我、体貌自我、人际自我和运动自我四个维度。学业自我是指学生对自己一般学业能力的认识，是学生对自己在学业任务中能否获得成功，能否掌握某一具体的、确定的学业任务的预期和判断；体貌自我是指对自己的体貌特征，如外表、健康水平的认识和对自己的满意程度；人际自我是指对自己与周围人群或者环境间的交往的认识，如对师生关系、亲子关系、同伴关系的认识，对自己与周围环境是否融洽的认识等；运动自我是指对自己运动能力的认识，如对自己体能的认识和满意程度。

（2）适用范围

该量表主要适用于中国 4~9 年级的儿童青少年。

（3）计分方式和结果解释

儿童青少年自我认识量表为学生自评量表，共 18 题，包括四个维度：学业自我、体貌自我、人际自我和运动自我。得分越高，表明被试对该维度的知觉越好。

该量表采取4点计分，每个项目的"很不符合、不太符合、基本符合、很符合"分别计为"1、2、3、4"。

（4）信效度检验

1）信度。对22 797人的有效样本进行统计分析发现，该量表总体克隆巴赫 α 系数（Cronbach's Alpha）为0.84，各维度克隆巴赫 α 系数在0.74 ~ 0.84，具体结果见表4-18。

表4-18 儿童青少年自我认识量表的内部一致性系数

项 目	总量表 (N = 22 797)	人际自我 (N = 23 622)	运动自我 (N = 23 766)	体貌自我 (N = 23 654)	学业自我 (N = 23 552)
克隆巴赫 α 系数	0.84	0.74	0.74	0.82	0.82

2）结构效度。对24 013个有效样本进行验证性因素分析发现，儿童青少年自我认识量表的验证性因素分析模型拟合指数比较理想，各项目载荷在0.42 ~ 0.85，符合心理测量学标准，有较好的结构效度，具体结果见表4-19。

表4-19 儿童青少年自我认识量表的验证性因素分析模型拟合指数 （N = 24 013）

χ^2	df	χ^2/df	CFI	TLI	RMSEA
23 360.72	129	181.09	0.84	0.81	0.09

（5）常模

儿童青少年自我认识量表常模较好地反映了中国4 ~ 9年级儿童青少年自我认识的特点，可作为今后儿童青少年自我认识研究与应用的测查标准。常模分数有三种类型，分别是平均数标准误常模、百分位数常模和标准分数常模。除总体的年级常模外，我们还建立了性别常模、地区常模和城乡常模。

4.2.9 儿童青少年自尊量表

自尊，是指个体对自己作为一个整体所持有的一种肯定或否定的态度，这种态度表明个体相信自己是有能力的、重要的、成功的和有价值的，是人们对自己的价值、长处、重要性等方面整体性的情感上的评价，是自我体验的一个重要组成部分（Coopersmith，1967）。

自尊量表（self esteem scale）最初由 Rosenberg 编制，考查青少年关于自我价值和自我接纳的总体感受。由于该量表信效度较高、简单明了、容易施测和计分，因此得到广泛使用。Rosenberg 最初编制的自尊量表是单一维度的假设，该假设在研究中得到了验证（Rosenberg et al.，1978）。

本量表先对 Rosenberg 的自尊量表进行了翻译，并做了修订，形成儿童青少年自尊量表；然后对全国 24 013 名 4～9 年级学生进行了测查，进一步分析其测量学指标，并建立了全国常模。

（1）测查内容

儿童青少年自尊量表从整体上考查儿童青少年的自尊水平，测查的是儿童青少年自我价值和自我接纳的总体感受。

（2）适用范围

该量表主要适用于中国 4～9 年级的儿童青少年。

（3）计分方式和结果解释

儿童青少年自尊量表为学生自评量表，共 9 题，是单维量表。

该量表采取 4 点计分，每个项目的"很不符合、不太符合、基本符合、很符合"分别计为"1、2、3、4"。所有项目得分相加求总分为自尊量表得分，得分范围为 9～36 分。得分越高，表明自尊水平越高。

（4）信效度检验

1）信度。对 23 960 个有效样本的测量结果表明，儿童青少年自尊量表的克隆巴赫 α 系数（Cronbach's Alpha）为 0.80，表明该量表具有较高的内部一致性。

2）结构效度。对 24 013 个有效样本进行验证性因素分析发现，儿童青少年自尊量表验证性因素分析的模型拟合指数在可接受范围内，各项目的载荷在 0.48～0.64，符合心理测量学标准，说明结构是比较合理的。具体结果见表 4-20。

从表 4-20 模型拟合状况的分析结果可以看出，尽管指标 CFI 和 TLI 并未大于 0.90，但是考虑到全国被试的异质性较高，我们认为该模型的各个指标基本在可接受范围内，表明模型较好地拟合了数据，进一步支持了自尊量表结构的合理性。

表 4-20　儿童青少年自尊量表验证性因素分析的模型拟合指数（$N = 24\ 013$）

x^2	df	x^2/df	CFI	TLI	RMSEA
11 290. 85	27	418. 18	0. 78	0. 71	0. 13

（5）常模

自尊量表常模较好地反映了中国 4 ~ 9 年级儿童青少年自尊的特点，可作为今后儿童青少年自尊研究与应用的测查标准。常模分数有三种类型，分别是平均数标准误常模、百分位数常模和标准分数常模。除总体的年级常模外，我们还建立了性别常模、地区常模和城乡常模。

4. 2. 10　儿童青少年自信量表

自信，是指个体对自身行为能力与价值的客观认识和充分估价的一种体验，是一种健康向上的心理品质（杨丽珠，2000）。自信心作为人格的重要组成部分之一，不仅是儿童青少年自我意识不断成熟和发展的标志，还深刻地影响着人的心理健康及整个人格的健全发展。

王娥蕊等（2006）在幼儿园开展了关于大班幼儿自信心培养的研究，设计了"幼儿日常行为中自信心发展的教师评定问卷"，合理地说明了 3 ~ 9 岁儿童自信心测评结构由自我表现、成就感和自我效能感三个维度构成。该问卷具有良好的内容效度、结构效度和构想效度。此外，通过对该问卷与家长问卷的相关分析发现，该问卷具有较高的效标效度，进一步验证了问卷的有效性。

杨丽珠等（2000，2005，2006）对儿童自信心结构的研究较为系统全面，定义概念明确，操作性强，且通过大样本、多角度、多次反复预试，编制了信效度较高的儿童自信心教师评定问卷，并以此量表为测量工具，做了大量的研究，得出了一系列有意义的结论。

本量表首先采用杨丽珠等人关于自信问卷的维度划分，对 3 ~ 9 岁儿童自信心教师评定问卷进行了改编，使之成为儿童青少年自评量表；之后对全国24 013 名 4 ~ 9 年级学生进行了测查，进一步分析其测量学指标，并建立了全国常模。

（1）测查内容

儿童青少年自信量表包括自我效能、成就感和自我表现三个维度。自我效能感是指儿童在对自己进行比较正确的自我评价的基础上，对自己是否能够完成交给的任务或应付某种情境所作出的某种有效的判断和预期，表现为儿童对自己能力的自信程度；成就感是指儿童做事情时力求取得成功，并为自己取得的成绩感到自豪的一种愉快的情绪、情感体验；自我表现指个体内在的感觉、信念、态度等的表露，即儿童在个人行为、能力、智慧和思想方面的自我表达情况。

（2）适用范围

该量表主要适用于中国 4~9 年级儿童青少年。

（3）计分方式和结果解释

儿童青少年自信量表为学生自评量表，共 17 题，包括三个维度：自我效能感、自我表现和成就感。

该量表采取 4 点计分，每个项目的"很不符合、不太符合、基本符合、很符合"分别计为"1、2、3、4"。每个维度所包含题目的得分的均值为该维度的得分。自我效能感维度得分越高，表明个体自我效能期望越强，行为活动越努力，就能多花力气去应付困难情境；自我表现维度得分越高，表明自我表现欲望越强，也在一定程度上反映了被试的活动积极性；成就感维度得分越高，表明被试感受到的成功体验越多，自信心内部动力越强。

将维度均分相加除以维度数为儿童青少年自信量表总均分。总均分越高，表明被试的自信水平越高。

（4）信效度检验

1）信度。对 23 367 个有效样本的数据进行统计分析发现，儿童青少年自信总量表和分维度的克隆巴赫 α 系数（Cronbach's Alpha）为 0.48 ~ 0.88。具体结果见表 4-21。

表 4-21　儿童青少年自信量表的内部一致性系数

维　度	自我效能 （N = 23 818）	成就感 （N = 23 746）	自我表现 （N = 23 581）	总量表 （N = 23 367）
克隆巴赫 α 系数	0.78	0.48	0.87	0.88

2）结构效度。对 24 013 个有效样本进行验证性因素分析发现，儿童青少年自信量表的验证性因素分析模型拟合指数比较理想，各项目载荷在 0.39 ~ 0.76，符合心理测量学标准，表明其结构效度较好，具体结果见表 4-22。

表 4-22　儿童青少年自信量表的验证性因素分析模型拟合指数（$N = 24\ 013$）

χ^2	df	χ^2/df	CFI	TLI	RMSEA
5 332.34	116	45.97	0.96	0.95	0.04

（5）常模

儿童青少年自信量表常模较好地反映了中国 4 ~ 9 年级儿童青少年自信的特点，可作为今后儿童青少年自信研究与应用的测查标准。常模分数有三种类型，分别是平均数标准误常模、百分位数常模和标准分数常模。除总体的年级常模外，我们还建立了性别常模、地区常模和城乡常模。

4.2.11　儿童青少年自制力量表

自我控制能力，简称自制力，指个人对自身的心理和行为的主动掌握，是个体自觉地选择目标，在没有外部限制的情况下，克服困难，排除干扰，采取某种方式，控制自己的行为，从而保证目标的实现（杨丽珠，1995）。它是自我的重要组成部分。

自我控制的测量一般都采用问卷法进行，对于儿童青少年的测量一般采用学生自我评定法。项目专家杨丽珠等人综合了国内外已有相关量表的优点，在专家讨论的基础上编制了自我管理问卷，其中涉及了自制力维度。该问卷的适用对象是 6 ~ 15 岁儿童。问卷做了大规模的预试，进行了反复施测，具有较好的信效度。

本问卷（量表）首先进一步对杨丽珠等人编制的自我管理量表中的自制力维度上的题目进行了修订，形成了儿童青少年自制力问卷；之后对全国 24 013 名 4 ~ 9 年级学生进行了测查，进一步分析其测量学指标，并建立了全国常模。

（1）测查内容

儿童青少年自制力问卷从整体上考查儿童青少年的自制力水平，表现为个体可以控制自己的饮食、情绪状态，理性地作出决策，通过抑制直接的、短期的欲望而控制冲动。个体可以通过外部的规范、期望和价值来主动地控制、调节自己的行为，并可以在无人监督的情况下，自我制订计划并完成计划，是一种比较高级的心理能力。

（2）适用范围

该量表主要适用于中国4～9年级儿童青少年。

（3）计分方式和结果解释

儿童青少年自制力问卷为学生自评问卷，共5题，是单维问卷。

该量表采用4点计分，每个项目的"很不符合、不太符合、基本符合、很符合"分别计为"1、2、3、4"。所有项目得分的均值为自制力问卷的得分。得分越高，表明被试抑制直接的、短期的期望而控制冲动的能力越高，对自己的冲动行为、冲动情感可以更好地进行控制和调节。

（4）信效度检验

1）信度。对23 855个有效被试的数据进行统计分析发现，儿童青少年自制力问卷的克隆巴赫 α 系数（Cronbach's Alpha）为0.59。

2）结构效度

对24 013个有效样本进行验证性因素分析发现，儿童青少年自制力问卷的验证性因素分析模型拟合指数较理想，各项目的载荷在0.34～0.58，基本符合心理测量学标准，表明该量表有较好的结构效度。具体结果见表4-23。

从表4-23模型拟合的分析结果来看，尽管CFI和TLI的拟合指数并未大于0.90，但是由于全国被试的异质性较大，可以说模型较好地拟合了数据。

表4-23 儿童青少年自制力问卷的验证性因素分析模型拟合指数（$N = 24\ 013$）

χ^2	df	χ^2/df	CFI	TLI	RMSEA
1 317.03	5	263.41	0.88	0.75	0.11

（5）常模

儿童青少年自制力量表常模较好地反映了中国4～9年级儿童青少年自制力的特点，可作为今后儿童青少年自制力研究与应用的测查标准。常模分数有三种类型，分别是平均数标准误常模、百分位数常模和标准分数常模。除总体的年级常模外，我们还建立了性别常模、地区常模和城乡常模。

4.2.12 儿童青少年价值观量表

Kluckhohn（1951）认为，价值观是一种外显或内隐的、有关什么是"值得的"的看法，是个人和群体的特征，影响着人们对行为方式、手段及目的的选择。金盛华（2005，2009）认为，价值观是指个体对于事物重要性的观念，是依据判断客体对主体的重要性进行价值评判和选择的标准，对个体或群体的行为具有导向作用。价值观在青少年阶段开始形成，此时青少年生理和心理在急剧变化，是自我形成和价值定向形成的敏感时期，更容易受到引发深刻情绪经验的生活事件以及影响自我认同的社会环境的影响。

由于价值观的测量容易受到文化差异和时代发展特点的影响，因此要全面考察当代中国青少年价值观的基本状况及发展特点，就必须设计出适于文化特点与时代特征的中小学生价值观测量工具。

在对国内外大量相关研究进行综合与分析的基础上，我们构建了中国青少年价值观测量的结构框架。根据已经建立的价值观指标体系，在对初中生访谈的基础上，经过专家的多次讨论和反复论证，结合国内外现有的研究，特别是金盛华教授的教育部人文社会科学重大项目《当代中国民众价值取向与精神信仰研究》的系统成果，我们编写了预试题本，其中部分项目来自金盛华教授的系统研究结果（金盛华，2009），同时根据研究的框架自编了部分题目，最终形成符合心理测量学要求的量表。通过对全国24 013个样本的调查，考查了该量表的信效度，并建立了当代中国青少年价值观常模。

（1）测查内容

该量表包括个体价值观、社会价值观和自然价值观三个方面。个体价值观考查青少年对金钱、权力和学习方面价值的看法；社会价值观考查青少年的国家认同、集体主义价值观；自然价值观主要涉及青少年对环境保护的看法。

个体价值观是个体对自我特质、追求的价值所持有的判断标准。本量表测量的个体价值观包括学习观、金钱观和权力价值观。学习观是对学习的总体看法和认识，是关于学生学习的指导思想。金钱观是指人们对于金钱的认识、态度、观点和看法的总和，包括如何看待金钱、如何获取金钱、如何使用金钱等。

权力观是指人们对权力的基本态度和看法。

社会价值观是个体对与社会有关的各类要素的价值进行判断时所持有的标准。本量表测量的社会价值观主要为集体主义和国家认同。在中国文化背景下，集体主义是指青少年如何看待个体与集体之间的关系，尤其是当两者发生矛盾时，青少年如何作出价值判断和选择。青少年的国家认同是指对于自己国家人群的认同与归属，以及由此带来的对国家的情感和价值体验。

自然价值观是一种人们对待自然的看法和观点。本量表测量的自然价值观是儿童青少年的环境保护意识和行为，主要从爱护环境和节约能源两个方面进行测量。

（2）适用范围

该量表主要适用于中国 4～9 年级的儿童青少年。

（3）计分方式与结果解释

儿童青少年价值观量表为学生自评量表，共27题，包括六个维度，分别为学习观、金钱观、权力观、国家认同、集体主义、环境保护。学习观维度的得分越高，表明越看重学习在人生发展中的作用和价值；金钱观维度的得分越高，表明越看重金钱的价值；权力观维度的得分越高，表明越看重权力的价值与作用；国家认同维度的得分越高，表明有越高的国家和民族认同，并有较强的民族自豪感；集体主义维度的得分越高，表明有越强的集体主义观念和公益观念；环境保护维度的得分越高，表明有越强的环保意识，更赞同环保行动，并更有可能在日常生活中实践环保行为。

该量表采用4点计分，每个项目的"很不同意、不太同意、基本同意、很同意"分别计为"1、2、3、4"。每个维度所包含题目的得分的均值为该维度的得分。

（4）信效度检验

1）信度。对量表的克隆巴赫 α 系数（Cronbach's Alpha）进行检验发现，本量表各维度的信度系数在 0.49～0.77。具体结果见表4-24。

表 4-24　儿童青少年价值观量表的内部一致性系数

维　度	金钱观 ($N=23\,561$)	权力观 ($N=23\,697$)	学习观 ($N=23\,650$)	集体主义 ($N=23\,623$)	国家认同 ($N=23\,536$)	环境保护 ($N=23\,608$)
克隆巴赫 α 系数	0.77	0.76	0.68	0.49	0.67	0.63

2）效度。对 24 013 人的有效样本进行验证性因素分析发现，儿童青少年价值观量表的验证性因素分析模型拟合指数较理想，各项目的载荷在 0.35 ~ 0.75，符合心理测量学标准，表明儿童青少年价值观量表的结构效度较好。具体结果见表 4-25。

表 4-25　儿童青少年价值观量表的验证性因素分析模型拟合指数（$N = 24\ 013$）

χ^2	df	χ^2/df	CFI	TLI	RMSEA
21 476.49	309	69.50	0.85	0.83	0.05

4.2.13　儿童青少年公正世界信念量表

美国心理学家 Lerner 等（1978）最早提出了公正世界信念（belief in a just world）的概念。他认为个体有这样的一种需要：相信他们生活在一个公正的世界里；在这样一个世界里，人们得其所应得；这种世界是公正的信息，可以使个体相信他们所处的物理和社会环境是稳定有序的，从而有利于个体适应这些环境。

公正世界信念的测量量表多种多样，其中信效度稳定、简单易用的是 Dalbert（1987）编制的公正世界信念量表（Just World Scale，JWS）。Dalbert（1987）根据公正指向的对象不同，编制了指向个体的公正世界信念量表和指向他人的一般公正世界信念量表。该量表由于其信效度高，使用方便等优点被广泛用于公正世界信念的测量。

为了准确了解中国儿童青少年的公正信念，本量表将 Dalbert 编制的公正世界信念量表修订为中文版，并通过预试确保其信效度符合测量学要求。

（1）测查内容

公正世界信念量表包括个人公正世界信念和一般公正世界信念两个维度。个人公正世界信念是指个体相信自己命运的公正性，也就是说，相信个人的小环境的公平和公正性，相信个人的生活、家庭及朋友都是公正的。一般公正世界信念是个体在一般情况下，相信世界对所有的人是公平和公正的。

（2）适用范围

该量表主要适用于中国 4~9 年级儿童青少年。

（3）计分方式与结果解释

儿童青少年公正世界信念量表为学生自评量表，共 13 题，包括两个维度：一般公正世界信念和个人公正世界信念。一般公正世界信念维度的得分越高，人们越相信他们所处的物理和社会环境是稳定有序的，从而有利于个体适应这些环境。如果这种信念缺失，个体很难使自己致力于长远目标的追求，难以遵循社会规范行事。个人公正世界信念维度的得分越高，表明个体越相信自己命运的公正性。

该量表采取 4 点计分，每个项目的"很不同意、不太同意、基本同意、很同意"分别记为"1、2、3、4"。每个维度所包含题目的得分的均值为该维度的得分。将两个维度均分求和除以维度数为公正世界信念总均分。公正世界信念量表总均分越高，表明被试的公正世界信念越强。

（4）信效度检验

1）信度。对 23 377 个有效样本数据进行统计分析发现，儿童青少年公正世界信念量表及分维度的总体克隆巴赫 α 系数（Cronbach's Alpha）为 0.65 ~ 0.82。具体结果见表 4-26。

表 4-26　儿童青少年公正世界信念量表的内部一致性系数

维　度	一般公正世界信念 （N = 23 765）	个人公正世界信念 （N = 23 554）	总量表 （N = 23 377）
克隆巴赫 α 系数	0.65	0.78	0.82

2）结构效度。对 24 013 名有效样本进行验证性因素分析发现，儿童青少年公正世界信念量表的验证性因素分析模型拟合指数较理想，各项目的载荷在 0.37 ~ 0.67，符合心理测量学要求，表明其结构效度良好，具体结果见表 4-27。

表 4-27　儿童青少年公正世界信念量表的验证性因素分析模型拟合指数（N = 24 013）

χ^2	df	χ^2/df	CFI	TLI	RMSEA
9 613.50	64	148.65	0.85	0.82	0.08

第5章 中国儿童青少年成长环境量表简介

5.1 儿童青少年成长环境量表概论

5.1.1 成长环境对儿童青少年心理发展的意义

成长环境是对个体在其中生活并影响其发展的各种外部条件或事物的总称。发展心理学家历来非常关注成长环境对儿童青少年心理发展的影响（VanHorn et al.，2009）。目前，国内外研究者已达成共识，认为成长环境可以影响个体认知能力的发展、人格与社会性的发展、学业能力的发展以及心理健康等。国外大型儿童研究项目一般都会考查儿童的成长环境状况，以及这些环境因素对个体发展的影响，如美国的全球儿童心理健康监测项目（Multi-National Project for Monitoring and Measuring Children's Well-Being）、美国早期儿童照料与青少年发展项目（Study of Early Child Care and Youth Development），加拿大儿童青少年发展追踪调查项目（National Longitudinal Survey of Children and Youth）等。通过对成长环境因素的考查，不仅可以客观地反映儿童成长发育的环境状况，为描绘儿童青少年心理发育特征提供背景信息，而且可以揭示成长环境对儿童青少年的认知能力、学业成就和社会适应的影响机制，从而为促进儿童青少年的健康发展提供理论依据，为制定相关教育政策和社会政策提供实证依据。

根据布朗芬布伦纳（Bronfenbrenner，1979）的生态系统理论（ecological systems theory），家庭、学校和社会环境是影响儿童青少年各方面心理特征发展的重要因素。

（1）家庭环境

家庭是儿童出生之后接触到的第一个重要微观环境系统。儿童自出生起就在家庭环境的影响下开始了社会化的历程，依赖于家庭提供的养育与支持，他们逐渐发展起各种基本和高级的认知能力，学习本民族的语言、文化或社会规范、价值和所期望的行为，形成各种社会性特质。家庭实际上是一个包含了亲子子系统、婚姻子系统和同胞子系统的社会化系统，儿童在家庭系统中学习正确认识和处理各种人际关系，包括学习与父母进行有效的沟通，同父母建立起相互信任，学会处理亲子关系、兄弟姐妹关系等，这些是他长大后处理各种其他扩展的人际关系的基础。从婴幼儿期直至青少年期，父母始终是儿童社会化的主要影响者，他们不仅充当儿童行为的示范者和指导者，而且对孩子的心理和行为状况实施有效的监控，并给予必要的社会支持。儿童在毕生发展的各个年龄阶段，都从自己的家庭成员中获取信息，寻求帮助和感情上的支持，亲子和父母所构成的三角关系是最重要的循环系统，它们之间相互作用又对整个家庭氛围和功能产生显著影响。这种以血缘为纽带的家庭人际关系能维系终身。无论从深度还是从广度来看，家庭对儿童心理发展的影响是其他环境因素无法比拟的，家庭环境中的许多因素是儿童青少年心理发展的重要预测变量。

因此，结合前人研究，中国儿童青少年心理发育特征调查项目在对家庭环境因素进行充分调研和论证后，确定从家庭功能、父母亲密、父母冲突、亲子关系、亲子沟通、亲子信任、父母监控、父母教养方式和心理控制等方面，选用、修订或自编了结构良好的测量工具来考查儿童青少年的家庭环境。

（2）学校环境

除家庭环境以外，学校环境也是影响儿童青少年心理发展的非常重要的微观环境系统。

学校是儿童青少年从事学习和社会交往的重要场所。儿童青少年有大量时间是在学校中度过的，学校环境系统中的各个方面不仅影响儿童青少年一般认知能力和学业能力的发展，而且影响儿童青少年的心理健康和人格发展。师生关系是学校环境中最重要的人际关系，老师通过履行传道、授业、解惑的职责，影响着学生认知和个性心理品质的发展。儿童青少年在与同伴交往的过程中体验到同伴的接纳和友谊，很多行为特征也在与同伴的交往中发生潜移默化的变化。班级环境，以及校园的整体氛围等，也会对儿童青少年的集体归属感、道德和社会性发展等产生重要影响。总之，学校教育对儿童青少年心理发展的影响是全方位的。

针对目前学校环境与儿童青少年发展的相关研究，中国儿童青少年心理发育特征调查项目选择从校园氛围、班级环境、师生关系等方面来考查儿童青少年的学校环境。

（3）社会环境

社会文化因素也对儿童青少年心理发展产生影响（John- Steiner et al.，1996）。随着跨文化研究的深入，当代几乎所有的发展心理学家都认为，要全面认识个体的心理发展必须对其生活的宏观环境——社会文化背景进行探讨（Shaffer et al.，2009）。社会环境作为个体生活的宏观系统，它的文化、亚文化的习俗、价值观和信仰等，都影响着儿童的发展。邻里关系、社区设施、社区教育资源和活动、风气、治安等因素被视为儿童青少年发展的重要影响源（Leventhal et al.，2000）。

除上述介绍的家庭环境、学校环境和社会环境外，正如布朗芬布伦纳在其生态系统模型中提及的历时系统（choronosystem）那样，儿童青少年个体在其生长过程中所经历的特定生活事件，将在他们身上打上与众不同的烙印。因此，在中国儿童青少年心理发育特征调查项目中，还特别考查了生活事件对儿童心理的影响，以及儿童对心理社会环境分化的主观体验。

5.1.2 成长环境测查工具编制的目的与框架

中国儿童青少年心理发育特征调查项目通过对 6～15 岁儿童青少年成长的家庭环境、学校环境、社会环境、重要环境事件和主观体验的考查，一方面全面反映我国当代儿童青少年生存的环境状况，另一方面，通过揭示环境因素中对儿童青少年认知能力、学业成就和社会适应有危险和保护作用的因素及这些因素发挥作用的机制，为制定相关教育政策、儿童福利保障政策等提供科学依据。

中国儿童青少年心理发育特征调查项目的成长环境测查工具包括家庭功能量表、亲子关系量表、亲子沟通量表、亲子信任量表、父母监控量表、父母亲密量表、父母冲突量表、父母教养方式量表、心理控制量表、校园氛围量表、班级环境量表、师生关系量表、学校态度与学习态度量表、生活事件量表以及社会心理处境分化量表共 15 个结构良好的量表。

5.1.3 成长环境测查工具编制的流程

成长环境问卷的编制严格按照标准化流程进行。首先，初步编制或选定问卷，通过小规模访谈、专家评定和小规模预试对问卷进行修订。之后，在北京、辽宁、广西、西藏等地组织了大规模预试，主要目的是考查题目在全国范围的适用性（包括题目表述、指导语和评定方式等），并对工具的信效度进行检验，同时考查不同地区学生完成测查的时间，以期为全国正式施测提供参考。根据预试结果剔除在问卷各题目上反应一致以及数据缺失在 50% 以上的被试，分析各项目的鉴别指数、题总相关、选项分布、问卷及维度的内部一致性系数、结构效度、效标关联效度、区分效度及相容效度等，在此基础上，对工具进行调整，并对题目进行进一步修改和再次预试。最后，形成包含施测方式、指导语、测试题目、计分方式以及编码规则在内的标准化测查工具。

5.1.4 成长环境测查工具的取样

首先，将全国所有区县分成 14 层，每层选取 2 个区县，共 28 个区县接受环境领域的测查。这 28 个区县分布在安徽、北京、甘肃、广东、河北、河南、黑龙江、湖北、湖南、吉林、江苏、辽宁、内蒙古、宁夏、青海、山东、陕西、上海、四川、云南、浙江等 21 个省（自治区、直辖市）。然后，在每个区县随机抽取 1 所小学和 1 所初中，在小学 4~6 年级、初中 7~9 年级每个年级抽取约40 名学生接受测查，最终有效样本的基本信息如下：男生 3530 人，女生 3170人；汉族 5924 人，少数民族 757 人；城市 3884 人，县镇 1585 人，农村 1245人。4 年级 1107 人、5 年级 1109 人、6 年级 1104 人、7 年级 1114 人、8 年级1151 人、9 年级 1129 人。

5.2　成长环境具体量表简介

5.2.1　家庭功能量表

"家庭功能"是用家庭的具体特征来描述，如家庭的关系结构、反应灵活性、家庭成员交往质量、家庭亲密度、适应性、家庭成员的情感联系、家庭规则、家庭沟通以及应对外部事件的有效性等（Beaver et al.，2000；Olson，2000；Shek，2002）。

在家庭功能的研究中，有两个代表性的理论取向，即以 Olson（2000）的环状模式理论为代表的结构取向和以 McMaster 的家庭功能模式理论（Miller et al.，2000）为代表的过程取向。目前，研究者较为认可的量表主要是基于环状模式理论的《亲密度与适应性量表》（FACES）和基于 McMaster 家庭功能模式理论的《家庭功能评定量表》（FAD）。而几乎所有的家庭功能理论都强调了家庭成员之间的关系、家庭成员以家庭为单位解决实际问题。因此，从理论吻合度和测查的简便性考虑，综合其他信息，本量表以环状模式为理论基础，结合强调结构和过程的两类家庭功能理论，参考了以上两种量表的部分题目，形成了针对中国儿童青少年的家庭功能量表，以全面调查中国儿童青少年的家庭功能状况。

（1）测查内容

家庭功能量表为学生自评量表，共 16 题，包括两个分量表。

《家庭亲密度与适应性量表》由问题解决和适应性维度、亲密性维度两个维度构成，其中问题解决和适应性是指家庭系统随家庭处境和家庭不同发展阶段出现的问题而作出相应改变的能力，亲密性是指家庭成员之间的情感联系。

《家庭功能总体评定量表》测查的是总体家庭功能，是对家庭系统运转状况和运行功能的总体评价。

（2）适用范围

该量表主要适用于中国 4~9 年级的儿童青少年。

（3）计分方式与结果解释

1）量表的计分方式。家庭功能量表采取 5 点计分，题目全部为单项选择题，每道题的"非常不符合、不太符合、有些符合、比较符合、非常符合"分别计为"1、2、3、4、5"。

求出各维度的平均分，根据各维度平均分的高低来判断家庭功能各维度的状况。得分越高，表明家庭功能越好。

2）结果解释。①《家庭亲密度与适应性量表》。维度一：问题解决与适应性。得分越高，表明家庭体系随家庭处境和家庭不同发展阶段出现的问题而作出相应调整和改变的能力越强。维度二：亲密性。得分越高，表明家庭成员之间的关系越亲密，情感联系也越紧密。也可将维度一和维度二的均值相加除以2得《家庭亲密度与适应性量表》的总均分。得分越高，表明家庭成员之间的关系越亲密，家庭的适应性也越强。②《家庭功能总体评定量表》。量表的得分越高，表明家庭功能的总体状况越好。

（4）信效度检验

1）信度。对有效样本进行统计分析发现，家庭功能量表各分量表及分量表各维度的克隆巴赫 α 系数（Cronbach's Alpha）为 0.72 ~ 0.85。具体结果见表 5-1。

表 5-1　家庭亲密度与适应性量表的内部一致性系数（$N = 6\ 689$）

维　度	题　数	克隆巴赫 α 系数
家庭亲密度与适应性量表	10	0.85
问题解决和适应性	5	0.72
亲密性	5	0.74
家庭功能总体评定量表	6	0.88

2）结构效度。①《家庭亲密度与适应性量表》。对 6714 人的有效样本进行验证性因素分析发现，问题解决和适应性维度中有一道题载荷较低，但它从反面描述了维度的意义，有一定代表性，故予以保留，其余题目的载荷都在 0.45 ~ 0.73。该量表的验证性因素分析模型拟合指数较理想，符合心理测量学标准，表明该量表的结构效度较好。具体结果见表 5-2。②《家庭功能总体评定量表》。对 6714 人的有效样本进行验证性因素分析发现，家庭功能总体评定量表验证性因素分析的模型拟合指数较理想，各项目载荷在 0.62 ~ 0.86，符合心理测量学标准，表明该量表的结构效度较好。具体结果见表 5-3。

表 5-2　家庭亲密度与适应性量表的验证性因素分析模型拟合指数（$N = 6\ 714$）

χ^2	df	χ^2 / df	CFI	TLI	RMSEA
1 046.31	34	30.77	0.96	0.94	0.07

表 5-3　家庭功能总体评定量表的验证性因素分析模型拟合指数（$N = 6\ 714$）

χ^2	df	χ^2 / df	CFI	TLI	RMSEA
1 122.15	9	30.77	0.95	0.91	0.14

5.2.2　父母亲密量表

父母亲密，是指父母之间的情感联结程度，即双方表现出相互关心、相互理解、民主沟通和融洽相处的状况，它是父母婚姻质量的重要指标之一（Fowers et al.，1989）。

对于父母亲密的测量一般都嵌套在家庭环境、家庭功能及婚姻质量量表中。Barnes 和 Olson 于 1982 年编制的《家庭亲密性与适应性量表》，包括了亲密度，即家庭成员之间的情感联系。Fowers 和 Olson 在 1989 年编制的《婚姻质量问卷》中，考查了夫妻之间权力与角色的分配、夫妻之间的交流、夫妻之间解决冲突的方式与能力，包括婚姻满意度、性格相容性、夫妻交流、解决冲突的方式、角色平等性等维度。

我们在参考 Olsen 等人编制的家庭功能量表和婚姻质量量表的基础上，自编形成了父母亲密的单维度量表，主要考查儿童感知到的父母亲密程度。两次预试结果表明量表的结构良好。

（1）测查内容

父母亲密量表是单维度量表，为学生自评量表，共 5 题，考查父母之间的情感联结程度。维度的操作性定义是：父母之间相互关心、理解、尊重以及融洽相处的程度。

（2）适用范围

该量表主要适用于中国 4~9 年级的儿童青少年。

（3）计分方式与结果解释

1）计分方式。父母亲密量表采取 5 点计分，题目全部为单项选择题，每道题目的"非常不符合、不太符合、有些符合、比较符合、非常符合"分别计为"1、2、3、4、5"。求所有题目得分的平均分，根据平均分的高低来判断父母亲密的状况。

2）结果解释。父母亲密量表得分越高，表明父母之间的婚姻质量越高，父母之间的关系越亲密。

（4）信效度检验

1）信度。对6652人的有效样本进行统计分析发现，父母亲密量表的克隆巴赫 α 系数（Cronbach's Alpha）为0.87。

2）结构效度。对6714人的有效样本进行验证性因素分析发现，父母亲密量表的验证性因素分析模型拟合指数较理想，各项目载荷在0.60~0.89，符合心理测量学标准，表明该量表的结构效度较好。具体结果见表5-4。

表 5-4　父母亲密量表的验证性因素分析模型拟合指数（$N = 6\,714$）

χ^2	df	$\chi^2/\,df$	CFI	TLI	RMSEA
356.60	5	71.32	0.98	0.96	0.10

5.2.3　父母冲突量表

父母冲突，是指夫妻之间由于意见不一致或其他原因而产生的言语或身体的攻击与争执，它可由冲突发生的频率、强度、内容、风格及冲突是否得到解决等特征来具体界定（池丽萍等，2002）。

在父母冲突的测量方面，目前使用最为广泛的是 Grych 等（1992）基于认知情景模型编制的《儿童对婚姻冲突的感知量表》（CPIC）。该量表由七个维度构成，用来测量儿童感知到的父母冲突的强度、频率、内容、解决程度和儿童对父母冲突的自我归因、对冲突带来的威胁的认知，以及对自己应对父母冲突的效能感的评价。池丽萍等（2003）对该量表进行了翻译和修订，该量表具有较好的信度和构想效度。

本量表以儿童青少年为研究对象，重在考查父母冲突对子女心理发展的影响，因此选用池丽萍等（2003）所修订的《儿童对婚姻冲突的感知量表》，并对其进行了再修订，形成《父母冲突量表》，主要考查父母冲突的强度和频度。

两次预试结果表明，量表的结构良好。

（1）测查内容

父母冲突量表为学生自评量表，共10题，由冲突频率和冲突强度两个维度构成。各维度的操作定义为：冲突频率指在家庭生活中父母之间发生言语和肢体冲突的频繁程度，冲突强度是指父母发生冲突时的激烈程度。

（2）适用范围

该量表主要适用于中国4~9年级的儿童青少年。

（3）计分方式与结果解释

父母冲突量表采取5点计分，题目全部为单项选择题。冲突频率维度每道题的"从不、很少、有时、经常、总是"分别计为"1、2、3、4、5"。冲突强度维度每道题的"非常不符合、不太符合、有些符合、比较符合、非常符合"分别计为"1、2、3、4、5"。求各个维度的平均分，根据各维度平均分的高低来判断父母冲突频率和强度的情况。分数越高，表明父母冲突的频率和强度越高。

（4）信效度检验

1）信度。对有效样本进行统计分析发现，父母冲突量表两个维度的克隆巴赫 α 系数（Cronbach's Alpha）分别为 0.88 和 0.84。具体结果见表5-5。

表5-5 父母冲突量表的内部一致性系数

维　度	冲突频率（$N=6\,552$）	冲突强度（$N=6\,585$）
克隆巴赫 α 系数	0.88	0.84

2）结构效度。对6714人的有效样本进行验证性因素分析发现，父母冲突量表的验证性因素分析模型拟合指数较理想，各项目载荷在 0.58~0.81，符合心理测量学标准，表明该量表的结构效度较好。具体结果见表5-6。

表5-6 父母冲突量表的验证性因素模型分析拟合指数（$N=6\,714$）

χ^2	df	χ^2/df	CFI	TLI	RMSEA
1 716.34	34	50.48	0.95	0.94	0.09

5.2.4　亲子关系量表

儿童心理学家朱智贤（1989）认为，亲子关系是父母与其亲生子女、养子女或继子女之间的相互关系。亲子关系是个体一生中最早接触到的关系，包含亲子之间的关爱、情感和沟通，是影响儿童未来同伴关系发展的重要因素之一。

国内研究者侯志瑾（1997）翻译、修订的社会关系网络问卷共计 24 个项目，八个维度。用于考查中学生的社会支持系统，包括对重要他人所提供的社会支持的主观感觉，以及对关系的满意度、冲突、惩罚等关系特征的评价。为全面考查儿童青少年的亲子关系，本量表选取了社会关系网络问卷中涉及亲子关系的题目进行修订，形成了亲子关系量表。经过预试后发现，修订后的亲子关系量表结构良好。

（1）测查内容

亲子关系量表为学生自评量表，共 23 题，测查儿童青少年与父母的关系状况。该量表包括八个维度，其中六个维度（情感、亲密、工具性帮助、价值肯定、陪伴、满意）描述个体从父母处获得的满足和支持，两个维度（烦恼、冲突）描述亲子间的冲突情况。

（2）适用范围

该量表主要适用于中国 4~9 年级儿童青少年。

（3）计分方式与结果解释

1）计分方式。亲子关系量表采取 5 点计分，题目全部为单项选择题，每道题的"从不、偶尔、有时、经常、总是"分别计为"1、2、3、4、5"。求出每个维度的平均分。

2）结果解释。维度一：情感。得分越高，表明亲子之间的感情越深厚。维度二：亲密。得分越高，表明亲子之间的关系越亲密。维度三：工具性帮助。得分越高，表明亲子之间的互助和支持越好。维度四：价值肯定。得分越高，表明父母越经常对孩子表示肯定和喜爱。维度五：陪伴。得分越高，表明亲子之间的共处时间越多。维度六：满意。得分越高，表明被试对其与父母的关系越满意。维度七：烦恼。得分越高，表明亲子双方越经常为彼此烦恼。维度八：冲突。得分越高，表明亲子之间越经常发生冲突。

（4）信效度检验

1）信度。对 23 965 个有效样本进行统计分析发现，亲子关系量表总体的克隆巴赫 α 系数（Cronbach's Alpha）为 0.80，各维度的克隆巴赫 α 系数为 0.61~

0.80。通过对 105 人的有效样本前后间隔一个月的两次测查发现，亲子关系量表总体的重测信度为 0.61，各维度的重测信度为 0.26～0.69。具体结果见表 5-7。

表 5-7 亲子关系量表的内部一致性系数

维 度	题目数	克隆巴赫 α 系数（$N = 23\ 965$）	重测信度（$N = 105$）
满意	3	0.80	0.59
烦恼	3	0.69	0.60
亲密	3	0.68	0.68
情感	3	0.86	0.26
冲突	3	0.74	0.58
工具性帮助	3	0.62	0.45
价值肯定	2	0.61	0.48
陪伴	3	0.74	0.69
亲子关系量表	23	0.80	0.61

2）结构效度。对 24 013 人的有效样本进行验证性因素分析发现，亲子关系量表的验证性因素分析模型拟合指数比较理想，各项目载荷在 0.49～0.84，符合心理测量学标准，表明亲子关系量表的结构效度较好，具体结果见表 5-8。

表 5-8 亲子关系量表的验证性因素分析模型拟合指数（$N = 24\ 013$）

χ^2	df	χ^2/df	CFI	TLI	RMSEA
6 514.57	202	32.25	0.97	0.96	0.04

5.2.5 亲子沟通量表

沟通，是指以他人能够注意和理解的方式产生任何一种意义符号的互动过程（Fitzpatrick et al.，1993）。

杨晓莉等（2008）通过大量访谈和开放式问卷了解中国青少年的亲子沟通状况，在此基础上编制了《青少年亲子沟通量表》。该量表包括开放表达与交流、倾听与反应、分歧与冲突解决、理解性四个维度，既能够反映亲子沟通的模式，又能够反映亲子沟通的特点，是较为全面的青少年亲子沟通量表。本量表对此做了进一步修订，最终确定了包含 19 个项目的《亲子沟通量表》，以测查中国 7～9 年级儿童青少年的亲子沟通特点。

（1）测查内容

亲子沟通量表为学生自评量表，共 19 题，包括四个维度，分别是开放表达与交流、倾听与反应、分歧与冲突解决、理解性。开放表达与交流是指沟通中双方是否能够真实地、自然地、无拘束地表达各种信息、观点和情感，探讨各种问题；倾听与反应是指沟通中双方是否能够耐心地、友善地、心平气和地倾听对方讲话，并给予恰当的、对方可以接受的反应；分歧与冲突解决是指沟通中，面对分歧和冲突等问题时，双方是否能够民主决策、协商解决问题；理解性是指沟通中双方是否能够主动灵活地协调代际关系，站在对方的立场上，换位思考，准确地理解对方表达的信息和用意，正确考虑问题。

（2）适用范围

该量表主要适用于中国 7～9 年级的儿童青少年。

（3）计分方式与结果解释

1）计分方式。亲子沟通量表采取 5 点计分，题目全部为单项选择题，每道题的"非常不符合、不太符合、有些符合、比较符合、非常符合"分别计为"1、2、3、4、5"。求各个维度的平均分，根据各维度平均分的高低来判断亲子沟通各维度的状况。各维度均分求和除以维度数得量表总均分，总均分越高，表明亲子沟通质量越好。

2）结果解释。维度一：开放表达与交流。得分越高，表明亲子之间的沟通越开放，彼此之间自由地表达想法和情感的程度越高。维度二：倾听与反应。得分越高，表明亲子之间认真地聆听彼此的想法并作出积极回应的可能性越大。维度三：分歧与冲突解决。得分越高，表明亲子之间以一种民主的、建设性的方式解决意见不一致或冲突的可能性越大。维度四：理解性。得分越高，表明亲子双方能够设身处地地去理解对方的想法和行为的可能性越大。

（4）信效度检验

1）信度。对 3388 人的有效样本进行统计分析发现，亲子沟通量表的总体信度为 0.88，各维度的克隆巴赫 α 系数（Cronbach's Alpha）为 0.60～0.78（表5-9）。

表 5-9　亲子沟通量表的内部一致性系数（$N = 3\,388$）

维　度	开放表达与交流	倾听与反应	分歧与冲突解决	理解性	总量表
克隆巴赫 α 系数	0.78	0.63	0.72	0.60	0.88

2）结构效度。对 3394 人的有效样本进行验证性因素分析发现，亲子沟通量表的验证性因素分析模型拟合指数较理想，各项目载荷在 0.22～0.75，

基本符合心理测量学标准，表明该量表的结构效度较好。具体结果见表5-10。

表5-10　亲子沟通量表验证性因素分析拟合指数（$N = 3\,394$）

χ^2	df	$\chi^2/$ df	CFI	TLI	RMSEA
2 597. 81	146	17. 79	0. 88	0. 86	0. 07

5.2.6　亲子信任量表

亲子信任作为人际信任的一种，指对父母的言语或行动可以依赖的信心（Hestenes，1996），这是目前大多数研究者比较认同的观点。这种信心来自于对对方信用的知觉、情感，并受到文化传统的影响。其中，情感的比重相对较大，而文化则渗透于认知和情感之中，间接地影响着亲子之间的信任。

中国自古以来就强调以孝为核心的家庭伦理道德，中国人的信任是以亲情为主线的，如果要在中国文化背景下探讨中国家庭的人际信任，就必须考虑中国传统文化赋予信任以及家庭的特殊意义，这就为中国家庭的亲子信任增加了特殊内容。尽管国外已有亲子信任的量表，但是国内尚未看到，因而，在考查中国青少年亲子信任的发展特点和模式时，必须考虑从信任所蕴含的中华传统文化的角度去修订量表。

李一茗等（2004）参考 Hestenes 的《青少年人际信任量表》，从中国以"亲"、"孝"为主的传统文化和伦理道德的角度，结合访谈结果，修订了亲子信任量表。在此基础上，本量表从原量表中选取题目，进行进一步的修订。预试结果表明，修订后的量表结构良好。

（1）测查内容

亲子信任量表为学生自评量表，共14题，包括可依赖性、分享心事和诚实守信三个维度。各维度的操作性定义为：可依赖性是指不管时间和地点如何变换，父母会始终如一地给予子女关怀、支持和帮助；分享心事是指子女愿意将自己的烦恼、问题、秘密和心事告诉父母，愿意和父母分享自己的喜怒哀乐；诚实守信是指子女相信父母言行的真实性，并且相信父母会遵守诺言。

（2）适用范围

该量表主要适用于中国7~9年级的儿童青少年。

（3）计分方式与结果解释

1）计分方式。亲子信任量表采取 5 点计分，题目全部为单项选择题，每道题的"非常不符合、不太符合、有些符合、比较符合、非常符合"分别计为"1、2、3、4、5"。求各个维度的平均分，根据各维度平均分的高低来判断亲子信任各维度的状况。得分越高，亲子信任度越高。

2）结果解释。维度一：可依赖性。得分越高，表明孩子感受到的父母对子女给予的关怀、支持和帮助越稳定。维度二：分享心事。得分越高，表明孩子越愿意和父母分享自己的喜怒哀乐。维度三：诚实守信。得分越高，表明孩子越相信父母言行的真实性，并且越相信父母会遵守诺言。

（4）信效度检验

1）信度。对 3129 人的有效样本进行统计分析发现，亲子信任量表的总体信度为 0.87，各维度的克隆巴赫 α 系数（Cronbach's Alpha）为 0.72~0.78，具体结果见表 5-11。

表 5-11　亲子信任量表的内部一致性系数

维　度	可依赖性 （$N = 3\,236$）	分享心事 （$N = 3\,316$）	诚实守信 （$N = 3\,283$）	总量表 （$N = 3\,129$）
克隆巴赫 α 系数	0.72	0.78	0.73	0.87

2）结构效度。对 3394 人的有效样本进行验证性因素分析发现，亲子信任量表验证性因素分析的模型拟合指数较理想，各项目载荷在 0.38~0.80，符合心理测量学标准，表明该量表的结构效度较好。具体结果见表 5-12。

表 5-12　亲子信任量表验证性因素分析模型拟合指数（$N = 3\,394$）

χ^2	df	$\chi^2/\,$df	CFI	TLI	RMSEA
1 436.23	74	19.41	0.91	0.89	0.07

5.2.7　父母监控量表

父母监控，是指父母对青少年的行踪、生活和学习情况的了解以及监督控制的程度及其随后采用的监控策略（Baber，1994）。从儿童社会化角度来说，父母的监控与指导是必不可少的。父母作为社会文化的代理人通过期望、规范和监控把儿童青少年的行为引导到符合社会要求的轨道上来。

Barber（1996）提出，在儿童社会化过程中，亲子互动主要表现在支持性、规范性和自主性 3 个方面。Lin（2001）依据 Barber 的理论编制了适应中国背景的《中国青少年父母监控量表》（Regulation Scale for Chinese Adolescents, RSCA），在应用中发现该量表有良好的信效度。因此，本量表主要参考 Lin 编制的《中国青少年父母监控量表》和刘乔（2006）编制的父母准予问卷。经过修订和预试，得到了信、效度良好的《父母监控量表》。

（1）测查内容

儿童青少年父母监控量表为学生自评量表，共 17 题，由知晓程度、消极控制与反馈、自主准予三个维度构成。知晓程度是指父母对子女的学习、生活与交往方面的知晓程度；消极控制与反馈是指父母对子女的强制性管理和对不符合期望的行为的负向反应；自主准予是指父母对于儿童个体表达和决策制定的鼓励，代表儿童感知到的父母所使用的民主、非独裁的方式。

（2）适用范围

该量表主要适用于中国 4～9 年级的儿童青少年。

（3）计分方式与结果解释

1）计分方式。父母监控量表采取 5 点计分，题目全部为单项选择题，每道题的"非常不符合、不太符合、有些符合、比较符合、非常符合"分别计为"1、2、3、4、5"。求每个维度的平均分，根据各维度平均分的高低来判断父母监控各维度的状况。

2）结果解释。维度一：父母知晓。得分越高，表明父母对子女生活、学习、交往方面情况的知晓程度越高。维度二：消极控制与反馈。得分越高，表明父母对子女的强制管理和负向反馈越多。维度三：自主准予。得分越高，表明儿童感知到的父母民主程度越高。

（4）信效度检验

1）信度。对有效样本进行统计分析发现，父母监控量表各维度的克隆巴赫 α 系数（Cronbach's Alpha）为 0.67～0.76。具体结果见表 5-13。

表 5-13　父母监控量表的内部一致性系数

维　度	父母知晓（$N = 6\,425$）	消极控制与反馈（$N = 6\,486$）	自主准予（$N = 6\,446$）
克隆巴赫 α 系数	0.76	0.67	0.71

2）结构效度

对 6714 人的有效样本进行验证性因素分析发现，父母监控量表的验证性因素分析模型拟合指数较理想，各项目载荷在 0.42 ~ 0.71，符合心理测量学标准，表明该量表的结构效度较好，具体结果见表 5-14。

表 5-14　父母监控量表的验证性因素分析模型拟合指数（$N = 6\,714$）

χ^2	df	χ^2 / df	CFI	TLI	RMSEA
2 282.76	116	19.68	0.90	0.89	0.05

5.2.8　父母教养方式量表

父母教养方式是父母的教养观念、教养行为及其对儿童的情绪表现的一种组合方式（Darling et al., 1993），是儿童青少年发展的重要家庭环境因素。

在父母教养方式的测量方面，虽然 Robinson 等（1995）编制的父母教养方式量表结构比较好，但是由于该量表采用父母评定的方式，一定程度上制约了量表的使用范围。本量表对父母教养方式量表（Robinson et al., 1995）进行了修订，形成了适合中国 4 ~ 9 年级儿童青少年评定的父母教养方式量表。通过预试，发现修订后的量表信效度各项指标符合心理测量学标准。

（1）测查内容

父母教养方式量表为学生自评量表，共有 34 道题目，用于测查被试体验到的父母教养行为，包括权威、独裁和纵容三个分量表。其中，权威分量表有三个维度，共 16 题。权威型的父母经常对孩子有很高的反应和很强的控制，给孩子较多的温暖，对孩子接受程度较高，尊重鼓励孩子的自主性，对孩子的行为通过说理来管教。独裁分量表有三个维度，共 12 题。独裁型父母经常对孩子有较低的反应和强制控制，给孩子较少的温暖，限制孩子的自由，对孩子进行不讲道理的惩罚。纵容分量表为单维量表，共 6 题。纵容型父母经常对孩子表现出溺爱或者忽视。

（2）适用范围

该量表主要适用于中国 4 ~ 9 年级儿童青少年。

（3）计分方式与结果解释

1）计分方式。父母教养方式量表采取 5 点计分，题目全部为单项选择题，每道题的"从不、偶尔、有时、经常、总是"分别计为"1、2、3、4、5"。求各维度均分及各分量表均分。每个分量表得分为分量表内部各维度均值之和除以维度数所得的均值。

2）结果解释。①《权威分量表》。维度一：温暖。维度二：民主参与。维度三：理性。维度均分求和除以维度数为权威分量表的总均分，得分越高，表明被试体会到的父母的权威型教养方式越强。②《独裁分量表》。维度一：肉体惩罚。维度二：非理性。维度三：言语侵犯。维度均分求和除以维度数为独裁分量表的总均分，得分越高，表明被试体会到的父母的独裁型教养方式越强。③《纵容分量表》。单一维度，求均分，得分越高，表明被试体会到的父母的纵容型教养方式越强。

（4）信效度检验

1）信度。对 22 580 人的有效样本进行统计分析发现，权威分量表的克隆巴赫 α 系数（Cronbach's Alpha）为 0.91；对 22 809 人的有效样本进行分析发现，独裁分量表的克隆巴赫 α 系数为 0.88；对 23 291 人的有效样本进行分析发现，纵容分量表的克隆巴赫 α 系数为 0.71。对 118 人的有效样本间隔一个月的重测信度为 0.51 ~ 0.76。具体结果见表 5-15。

表 5-15　父母教养方式量表的内部一致性系数

分量表	维　度	题目数	克隆巴赫 α 系数	重测信度
权　威	温暖（$N = 23\ 420$）	7	0.82	0.68
	民主参与（$N = 23\ 430$）	4	0.73	0.51
	理性（$N = 23\ 489$）	5	0.81	0.55
	权威分量表（$N = 22\ 580$）	16	0.91	0.65
独　裁	肉体惩罚（$N = 23\ 395$）	5	0.81	0.72
	非理性（$N = 23\ 664$）	4	0.70	0.61
	言语侵犯（$N = 23\ 473$）	3	0.73	0.72
	独裁分量表（$N = 22\ 809$）	12	0.88	0.76
纵　容	单维（$N = 23\ 291$）	6	0.71	0.53

2）结构效度。对 24 013 人的有效样本进行验证性因素分析发现：权威、独裁和纵容三个分量表的验证性因素分析模型拟合指数比较理想，各项目载荷在 0.32 ~ 0.80，符合心理测量学标准，表明三个分量表的结构效度较好，具体结果见表 5-16。

表 5-16　父母教养方式量表的验证性因素分析模型拟合指数（$N = 24\ 013$）

	χ^2	df	χ^2/df	CFI	TLI	RMSEA
权威分量表	4 827.89	101	47.80	0.97	0.96	0.04
独裁分量表	4 253.12	51	83.39	0.96	0.94	0.06
纵容分量表	2 221.96	9	246.89	0.92	0.86	0.10

5.2.9　心理控制量表

心理控制，是指强加在儿童心理和情绪发展过程中的控制意图，比如思维过程、自我表达、情绪和对父母的依恋（Barber，1996）。

大部分研究采用调查法来评定父母的心理控制。根据信息来源不同可分为家长问卷（PCS-8）（Barber，1996）、自评问卷（PCS-YSR）（Barber，1996）、观察者报告问卷（PCS-OBS）（Barber，1996）。Baber（1996）提出，通过儿童报告父母行为能更可靠地反应其所感受到的被控制、被贬低、被操纵等主观体验。

PCS-11 量表是通过对六类群体进行因子载荷稳定性的评估，得出心理控制的潜在结构模型的，量表包括人身攻击、情绪不稳定、行为、错误诱导、撤销关爱等 5 个方面（Barber，2001）。Zhou 等（2008）翻译了中文版 PCS-11 量表。本量表在 PCS-11 中文量表的基础上，修订了学生评价的心理控制量表。经过预试，发现修订后的心理控制量表信效度各项指标都符合心理测量学标准。

（1）测查内容

心理控制量表为学生自评量表，共 10 题，是单维量表，用于测查父母在教育过程中采取心理控制的状况。主要测查人身攻击、情绪不稳定、行为、错误诱导、撤销关爱五个方面。

（2）适用范围

该量表主要适用于中国 4 ~ 9 年级儿童青少年。

（3）计分方式与结果解释

心理控制量表采取 5 点计分，题目全部为单项选择题，每道题的"从不、偶尔、有时、经常、总是"分别计为"1、2、3、4、5"。将所有题目得分求和，即为量表得分。得分越高，说明家长的心理控制程度越高。

（4）信效度检验

1）信度。对 23 972 人的有效样本进行统计分析发现，心理控制量表的克隆巴赫 α 系数（Cronbach's Alpha）为 0.79。对 105 人的有效样本间隔一个月的重测信度为 0.61。

2）结构效度。对 24 013 人的有效样本进行验证性因素分析发现，心理控制量表的验证性因素分析模型拟合指数比较理想，各项目载荷在 0.28 ~ 0.63，符合心理测量学标准，有较好的结构效度，具体结果见表 5-17。

表 5-17　心理控制量表的验证性因素分析模型拟合指数（$N = 24\ 013$）

χ^2	df	χ^2/df	CFI	TLI	RMSEA
2 820.17	35	80.58	0.94	0.92	0.06

5.2.10　校园氛围量表

校园氛围，是指学生或教师对学校环境的感知（Peterson et al.，2001），具体包括个体感知到的环境是否有利于学习或教学，是否组织有序，人身与财产是否安全等。

在测量工具方面，有研究者从校园氛围的某个具体方面进行研究，如 Olweus（1993）编制的儿童欺负问卷（Bully/Victim Questionnaire）。张文新等（1999）修订了这一问卷。

在参考以往研究或测量工具的基础上，我们通过访谈，编制了针对中国儿童青少年的校园氛围量表，以全面调查中国儿童青少年对校园氛围的感知状况。根据大型调查项目的需求，本量表对教师、家长、专家进行访谈，并结合以往相关研究（Peterson et al.，2001；范丰慧等，2005），修正某些不符合儿童青少年实际情况的表述，自编了一些题目，经过预试，最终形成了结构良好的《校园氛围量表》。

（1）测查内容

校园氛围量表为学生自评量表，共 6 题，主要用于测查学生感知到的校园安全、学习风气、组织气氛等，为单一维度量表。

（2）适用范围

该量表适用于中国 4~9 年级儿童青少年。

（3）计分方式与结果解释

校园氛围量表采取 4 点计分，每道题目的"从不、有时、经常、总是"分别计为"1、2、3、4"。求量表的平均分，根据平均分的高低来判断校园氛围的状况。

得分越高，表明班级风气越差，各种校园不良行为越严重，学生在班上的安全感越差。

（4）信效度检验

1）信度。对 6543 人的有效样本进行统计分析发现，校园氛围量表的克隆巴赫 α 系数（Cronbach's Alpha）为 0.83。

2）结构效度。对 6714 人的有效样本进行验证性因素分析发现，校园氛围量表的验证性因素分析模型拟合指数较理想，各项目载荷在 0.45~0.78，符合心理测量学标准，表明该量表的结构效度较好。具体结果见表 5-18。

表 5-18　校园氛围量表的验证性因素分析模型拟合指数（$N = 6\ 714$）

χ^2	df	χ^2/df	CFI	TLI	RMSEA
122.77	9	13.64	0.99	0.99	0.04

5.2.11　班级环境量表

班级环境，是指影响教学活动的开展、质量和效果，并存在于课堂教学过程中的各种物理的、社会的及心理的因素的总和。其中，物理环境是教学赖以进行的物质基础和物理条件，主要包括教学的自然环境、教学设施和时空环境等；社会环境是课堂中师生互动和生生互动的基本要素及状况的总和，它大体包括师生互动与师生关系、同学互动与同学关系、课堂目标定向、课堂规则与秩序等；心理环境则是课堂参与者即教师与学生的人格特征、心理状态和课堂心理氛围等（范春林等，2005）。

国内学者江光荣（2004）结合访谈编制了适用于我国中小学生的班级环境量表——《我的班级》。该量表关注班级环境对学生适应和发展的影响，正式问卷38个项目，包括师生关系、同学关系、秩序纪律、竞争气氛、学习负担五个维度。该量表具有良好的内部一致性信度，并在中小学班级环境的研究中得到广泛的应用（屈智勇等，2006；屈智勇等，2004；袁立新等，2008）。

我们对江光荣《我的班级》量表进行了修订形成了《班级环境量表》。经过预试，发现修订后的量表结构良好。

（1）测查内容

班级环境量表为学生自评量表，共24题，由班级师生关系、班级同学关系、班级秩序纪律、班级竞争气氛、班级学习负担五个维度构成。各维度的操作性定义为：班级师生关系指班主任态度中亲切、关心、支持和理解的程度以及学生对教师的信任、喜爱的程度；班级同学关系指同学之间关心、互助、团结的程度；班级秩序纪律指课堂活动的有序性、班级纪律的有效性；班级竞争气氛指班级中的竞争氛围，同学之间在学业和其他方面的竞争；班级学习负担指课业量的多少，主观感受到的学业压力的大小。

（2）适用范围

该量表主要适用于中国4～9年级的儿童青少年。

（3）计分方式与结果解释

1）计分方式。班级环境量表采取5点计分，题目全部为单项选择题，每道题的"非常不符合、不太符合、有些符合、比较符合、非常符合"分别计为"1、2、3、4、5"。

求各个维度的平均分，根据各维度平均分的高低来判断班级环境各维度的状况。得分越高，班级环境越好。

2）结果解释。维度一：班级师生关系。得分越高，表明班主任对待学生的态度越亲切，学生对教师的信任和喜爱程度越高。维度二：班级同学关系。得分越高，表明同学之间互相关心的程度越高，班级越团结。维度三：班级秩序纪律。得分越高，表明课堂活动越有序，班级纪律越有效。维度四：班级竞争气氛。得分越高，表明学生在学业和其他方面的竞争越激烈。维度五：班级学习负担。得分越高，表明学生主观感知到的学业压力越大。

（4）量表的信效度检验

1）信度

对有效样本进行统计分析发现，班级环境量表各维度的克隆巴赫 α 系数（Cronbach's Alpha）为 0.68~0.85，具体结果见表5-19。

表 5-19　班级环境量表的内部一致性系数

维　度	班级师生关系 （N = 6 597）	班级同学关系 （N = 6 589）	班级秩序纪律 （N = 6 601）	班级竞争气氛 （N = 6 628）	班级学习负担 （N = 6 605）
克隆巴赫 α 系数	0.85	0.77	0.77	0.68	0.70

2）结构效度。对6714人的有效样本进行验证性因素分析发现，班级环境量表的验证性因素分析模型拟合指数较理想，各项目载荷在 0.40~0.80，符合心理测量学标准，表明该量表的结构效度较好，具体结果见表5-20。

表 5-20　班级环境量表的验证性因素分析模型拟合指数（N = 6 714）

χ^2	df	χ^2/df	CFI	TLI	RMSEA
5 645.77	242	23.33	0.90	0.89	0.06

5.2.12　师生关系量表

师生关系是学校中教师与学生之间的基本关系，是师生之间以情感、认知和行为交往为主要表现形式的心理关系（Pianta et al. , 1992，1997；林崇德等，2001；王耘等，2001）。师生关系也是儿童社会化过程中的重要社会关系之一，贯穿于整个教育的始终，直接关系到学生的健康成长（邹泓等，2007）。

目前广泛使用的测量工具是 Pianta（2001）编制的《师生关系量表》（STRS），包括亲密性（closeness）、冲突性（conflict）和依赖性（dependent）三个维度，由教师根据自己对学生态度和行为的感知来填写。王耘等（2001）参考 Pianta 的量表，编制了适合3~6年级小学生的《师生关系教师评定量表》，包括亲密性、冲突性和反应性三个维度，其中反应性维度测量学生对教师行为的应激状态和反应方式，是否存在过度反应。屈智勇（2002）对王耘等（2001）修订的《师生关系教师评定量表》进行再修订后，主要用于考查4~9

年级学生师生关系的类型和特点。经过研究者们多次使用，该量表均具有较好的信效度（屈智勇，2002；曲可佳等，2008；邹泓等，2009）。在此基础上，本量表修订了屈智勇（2002）的《师生关系量表》。

（1）测查内容

师生关系量表为学生自评量表，共18题，由亲密性、冲突性、支持性和满意度四个维度构成。亲密性是指教师和学生之间自由交流、情感亲近的程度；支持性指学生体验到的师生之间相互理解与支持的程度；冲突性指教师和学生之间的矛盾和对抗；满意度指学生对师生关系的总体满意程度。其中亲密性、支持性、满意度为正向维度，冲突性为负向维度。

（2）适用范围

该量表主要适用于中国 4～9 年级的儿童青少年。

（3）计分方式与结果解释

1）计分方式。师生关系量表采取5点计分，题目全部为单项选择题，每道题的"非常不符合、不太符合、有些符合、比较符合、非常符合"分别计为"1、2、3、4、5"。

求各个维度的平均分，根据各维度平均分的高低来判断师生关系各维度的状况。

2）结果解释。维度一：亲密性。得分越高，说明教师和学生之间的开放式交流更多，师生在情感上更为亲近。维度二：冲突性。得分越高，说明师生之间的不协调互动越多，师生关系越不和睦。维度三：支持性。得分越高，表明师生之间相互理解、相互支持的程度越高。维度四：满意度。得分越高，表明学生对师生关系的总体满意程度越高。

（4）信效度检验

1）信度。对有效样本进行统计分析发现，师生关系量表各维度的克隆巴赫 α 系数（Cronbach's Alpha）为 0.66～0.82，具体结果见表5-21。

表5-21　师生关系量表的内部一致性系数

维　度	亲密性（$N = 6\ 483$）	冲突性（$N = 6\ 520$）	支持性（$N = 6\ 558$）	满意度（$N = 6\ 567$）
克隆巴赫 α 系数	0.82	0.72	0.81	0.66

2）结构效度。对 6714 人的有效样本进行验证性因素分析发现，师生关系量表的验证性因素分析模型拟合指数较理想，除满意度维度一道题的因子载荷较低以外，其余各项目载荷在 0.52～0.77，符合心理测量学标准，表明该量表的结构效度较好，具体结果见表 5-22。

表 5-22　师生关系量表的验证性因素分析模型拟合指数（$N = 6\,714$）

χ^2	df	$\chi^2/$ df	CFI	TLI	RMSEA
3 711.24	129	28.77	0.93	0.91	0.06

5.2.13　学校态度与学习态度量表

学校态度，是指学生对学校的喜欢或逃避程度（屈智勇等，2004）；学习态度，是指学习者对学习的较为持久的肯定或否定的内在反应倾向（王爱平等，2005）。

在对学校态度的测量方面，目前广泛使用的是 Ladd（1990）编制的学校喜欢和回避问卷（School Liking and Avoidance Scale，SLAQ），包括学校喜欢与学校回避两个维度。屈智勇等（2004）修订了该问卷，修订后的问卷共有 13 个项目，其中喜欢维度 6 个项目，回避维度 7 个项目，修订后的问卷具有较好的信效度指标。

因此，本量表以 Ladd（1990）编制、屈智勇等（2004）修订的学校喜欢和回避问卷为基础，增加了有关学习态度的项目，形成了学校态度与学习态度量表。经过预试和修订，最终确定的量表结构良好。

（1）测查内容

学校态度与学习态度量表为学生自评量表，共 13 题，由学校喜欢、学校回避和学习态度三个维度构成。其中，学校喜欢是指学生对学校的态度较积极，有较高的满意度；学校回避是指学生对学校抱有一种逃避、消极的态度，无法获得愉悦感和充实感，满意度较低；学习态度是指学生对学习的较为持久的肯定或否定的内在反应倾向。

（2）适用范围

该量表主要适用于中国 4～9 年级的儿童青少年。

（3）计分方式与结果解释

1）计分方式。学校态度与学习态度量表采取 5 点计分，题目全部为单项选择题，每道题的"非常不符合、不太符合、有些符合、比较符合、非常符合"分别计为"1、2、3、4、5"。

求各个维度的平均分，根据各维度平均分的高低来判断学校态度与学习态度各维度的状况。

2）结果解释。维度一：学校喜欢。得分越高，表明学生对学校的喜欢程度越高。维度二：学校回避。得分越高，表明学生对学校的厌恶或逃避程度越高。维度三：学习态度。得分越高，表明学生的学习态度越积极，学习越认真。

（4）信效度检验

1）信度。对有效样本进行统计分析发现，学校态度与学习态度量表各维度的克隆巴赫 α 系数（Cronbach's Alpha）为 0.72 ~ 0.82，具体结果见表 5-23。

表 5-23　学校态度与学习态度量表的内部一致性系数

维　度	学校喜欢（$N=6\ 590$）	学校回避（$N=6\ 611$）	学习态度（$N=6\ 613$）
克隆巴赫 α 系数	0.82	0.72	0.81

2）结构效度。对 6714 人的有效样本进行验证性因素分析发现，学校态度与学习态度量表的验证性因素分析模型拟合指数较理想，各项目载荷在 0.58 ~ 0.84 之间，符合心理测量学标准，表明该量表的结构效度较好。具体结果见表 5-24。

表 5-24　学校态度与学习态度量表的验证性因素分析模型拟合指数（$N=6\ 714$）

χ^2	df	χ^2/df	CFI	TLI	RMSEA
1 787.21	62	28.83	0.96	0.95	0.06

5.2.14　生活事件量表

生活事件或负性生活事件、压力生活事件，是指人们在社会生活中经历的各种紧张性刺激事件（Rahe et al.，1964）。本量表对生活事件的界定与之大致相同，指的是儿童青少年成长过程中经历的刺激性事件，这些事件需要个体进行调整以达到适应。

在我国青少年生活事件测评方面，目前有代表性的是刘贤臣等（1997）编制的《青少年生活事件量表》（汪向东等，1999），江光荣等（2000）编制的《中国青少年生活事件检查表》。《青少年生活事件量表》共27题，包括人际关系、学习压力、受惩罚、丧失、健康适应和其他等6个因子。该量表使用频率较高，且计分相对简单，信效度较高（刘贤臣等，1997）。鉴于个体所经历的生活事件受到个体生活环境、文化背景、年龄等因素的影响，在测查我国青少年的生活事件时，本量表选择了《青少年生活事件量表》中的部分题目，新增了部分题目，形成了《生活事件量表》。经过预试和和修订，最终确定的量表结构良好。

（1）测查内容

生活事件量表为学生自评量表，共11题，由日常生活事件和重大生活事件两个维度构成。日常生活事件，是指青少年日常生活中可能经历的负性事件，如学习跟不上等；重大生活事件，则指青少年生活中经历的带来较大压力的事件，如亲友死亡等。重大生活事件带来的压力和影响一般要高于日常生活事件。

（2）适用范围

该量表主要适用于中国4~9年级的儿童青少年。

（3）计分方式与结果解释

生活事件量表为综合量表，题目全部为单项选择题，每个题目描述一种生活事件，如果该事件从未发生，选择"0"；如果发生过，则对其影响程度进行评分，"发生过没影响、有些影响、中度影响、较大影响、极大影响"分别计为"1、2、3、4、5"。

求各个维度的平均分，根据各维度平均分的高低来判断生活事件各维度的状况。得分越高，表明生活事件对个体的影响越大。

（4）信效度检验

1）信度。对有效样本进行统计分析发现，生活事件量表两个维度的克隆巴赫 α 系数（Cronbach's Alpha）分别为0.72和0.83，具体结果见表5-25。

表 5-25　生活事件量表的内部一致性系数

维　度	日常生活事件（$N = 6\ 509$）	重大生活事件（$N = 6\ 541$）
克隆巴赫 α 系数	0.72	0.83

2）结构效度。对6714人的有效样本进行验证性因素分析发现，生活事件量表验证性因素分析的模型拟合指数较理想，各项目载荷在0.51~0.83，基本

符合心理测量学标准，表明该量表的结构效度较好，具体结果见表5-26。

表5-26　生活事件量表的验证性因素分析模型拟合指数（$N = 6\,714$）

χ^2	df	χ^2/df	CFI	TLI	RMSEA
2 626.22	43	61.07	0.89	0.86	0.10

5.2.15　社会心理处境分化量表

社会心理处境分化，是指学生心理发展环境在性质上的分离（金盛华，1999）。在学校中，个体所处的环境，既包括诸如学校物理环境、教室设施、座位位置等物理环境，也包括诸如师生关系、同伴互动等心理环境。

不同的心理发展环境，对学生身心发展的意义和作用会有明显不同（Birch et al.，1997；Hughes et al.，1999），其认知、社会性、心理健康的发展水平都将受到影响。因此，准确把握儿童青少年的社会心理处境，并揭示其对个体产生的影响，具有非常重要的意义。

本量表通过开放式访谈，形成了初始问卷。经过两次预试，对初始问卷进行了修订，最终形成了结构良好的《社会心理处境分化量表》。该量表旨在对学生在学校社会心理环境上的分化水平进行定量描述，并为进一步的理论研究和教育诊断提供有效的测量工具。

（1）测查内容

社会处境分化量表为学生自评量表，共25题，主要测量儿童青少年在社会心理处境上的分化（差异）。量表得分越高，意味着在社会心理处境分化上占据越有利的地位。

该量表包括四个维度。其中，维度一测量教师对学生个体的态度、期望、情感，命名为"教师信任与支持感知"；维度二测量同学对学生个体的态度、情感，命名为"同学信任与支持感知"；维度三测量父母对学生个体的期望、态度和情感，命名为"父母信任与支持感知"；维度四测量学生对自己的认知和概念，命名为"学生自我概念"。

（2）适用范围

该量表主要适用于中国4~9年级的儿童青少年。

（3）计分方式与结果解释

1）计分方式。社会处境分化量表采取 4 点计分，题目全部为单项选择题，每道题的"很不符合、不太符合、基本符合、很符合"分别计为"1、2、3、4"。

求各维度均分，根据各维度均分的高低来判断儿童青少年在社会心理处境上的分化（差异）；得分越高，表明被试的社会心理处境越好。

2）结果解释。维度一：教师信任与支持感知。得分越高，表明被试对教师信任与支持的感知越积极。维度二：同学信任与支持感知。得分越高，表明被试对同学信任与支持的感知越积极。维度三：父母信任与支持感知。得分越高，表明被试对父母信任与支持的感知越积极。维度四：学生自我概念。得分越高，表明被试对自我的感知越积极。

（4）信效度检验

1）信度。对有效样本进行统计分析发现，社会心理处境分化量表及各维度的克隆巴赫 α 系数（Cronbach's Alpha）为 0.81 ~ 0.86，具体结果见表 5-27。

表 5-27　社会心理处境分化量表的内部一致性系数

维　度	教师信任与支持感知（$N = 23\ 682$）	同学信任与支持感知（$N = 23\ 603$）	父母信任与支持感知（$N = 23\ 665$）	学生自我概念（$N = 23\ 550$）	总量表（$N = 22\ 937$）
克隆巴赫 α 系数	0.83	0.86	0.85	0.81	0.93

2）结构效度。对 24 013 个有效样本进行验证性因素分析发现，社会心理处境分化量表的验证性因素分析模型拟合指数较理想，各项目载荷在 0.50 ~ 0.82，符合心理测量学标准，表明该量表的结构效度较好，具体结果见表 5-28。

表 5-28　社会心理处境分化量表的验证性因素分析模型拟合指数（$N = 24\ 013$）

χ^2	df	χ^2/df	CFI	TLI	RMSEA
35 347.69	269	131.40	0.87	0.86	0.07

另外，本量表的题目是从文献综述、理论构想、开放式访谈的内容中概括、总结而抽取出来的，经过对心理学专家、中小学教师咨询后拟定了题项。然后根据专家的建议，结合探索性因素分析的结果，对题项进行修改和删除后形成正式量表。这些程序都有效保证了量表具有较好的内容效度。

参 考 文 献

Shaffer D R，Kipp K. 2009. Developmental Psychology（eighth edition）：Childhood and Adolescence. 邹泓译. 北京：中国轻工业出版社.

Young S K. 2000. 网虫综合征：网瘾的症状与康复策略. 毛英明，毛巧明译. 上海：上海译文出版社.

巢宗祺，雷实，陆志平. 2002. 全日制义务教育语文课程标准（实验稿）解读. 武汉：湖北教育出版社.

陈国鹏，崔丽娟. 1997. 自我描述问卷Ⅱ型在中国的试用报告. 中国临床心理学杂志，5（2）：78-82.

程灶火，张月娟，郑虹等. 2003. 多维记忆评估量表建构的因素分析. 中国临床心理学杂志，11（1）：5-8.

池丽萍，王耘. 2002. 婚姻冲突与儿童问题行为关系研究的理论进展. 心理科学，10（4）：411-417.

池丽萍，辛自强. 2003. 儿童对婚姻冲突的感知量表修订. 中国心理卫生杂志，17（8）：554-556.

戴海崎，张锋，陈雪枫. 2004. 心理与教育测量. 广州：暨南大学出版社.

范春林，董奇. 2005. 课堂环境研究的现状、意义及趋势. 比较教育研究，26（8）：61-66.

范丰慧，黄希庭. 2005. 中学校风因素结构的探索性分析. 心理科学，28（3）：533-536.

范良火. 2006. 义务教育课程标准实验教科书——数学（7~9年级）. 杭州：浙江教育出版社.

郭靖，龚耀先. 2005. 小学生（4~6年级）学习能力倾向测验的初步编制：编制策略、条目分析和信度检验. 中国临床心理学杂志，13（2）：127-130.

洪宗礼. 2004. 义务教育课程标准实验教科书—语文（7~9年级）. 南京：江苏教育出版社.

侯建华. 1996. 主观幸福感概述. 心理学动态，4（1）：46-51.

侯志瑾. 1997. 中学生社会支持网络及其与心理健康关系的研究. 北京：北京师范大学.

江光荣. 2004. 中小学班级环境：结构与测量. 心理科学，27（4）：839-243.

金盛华. 1999. 教师态度与学生社会处境分化. 深圳教育学院学报，4（1）：8-12.

金盛华. 2005. 社会心理学. 北京：高等教育出版社.

金盛华，田丽丽. 2003. 中学生价值观、自我概念与生活满意度的关系研究. 心理发展与教育，19（2）：57-63.

金盛华, 郑建君, 辛志勇. 2009. 当代中国人价值观的结构与特点. 心理学报, 41 (10): 1000-1014.

课程教材研究所, 小学数学课程教材研究开发中心. 2003. 义务教育课程标准实验教科书——数学 (1~6 年级). 北京: 人民教育出版社.

课程教材研究所, 小学语文课程教材研究开发中心. 2003. 义务教育课程标准实验教科书语文 (1~6 年级). 北京: 人民教育出版社.

课程教材研究所, 中学数学课程教材研究开发中心. 2003. 义务教育课程标准实验教科书——数学 (7~9 年级). 北京: 人民教育出版社.

课程教材研究所, 中学语文课程教材研究开发中心. 2003. 义务教育课程标准实验教科书语文 (7~9 年级). 北京: 人民教育出版社.

寇彧, 付艳, 马艳. 2004. 初中生认同的亲社会行为的初步研究. 心理发展与教育, 20 (4): 43-48.

寇彧, 张庆鹏. 2006. 青少年亲社会行为的概念表征研究. 社会学研究, 8 (5): 169-187.

李一茗. 2004. 初中生亲子信任的结构、特点及其家庭特征. 北京师范大学硕士学位论文.

林崇德, 王耘, 姚计海. 2001. 师生关系与小学生自我概念的关系研究. 心理发展与教育, 17 (4): 17-22.

刘乔. 2006. 青少年情感自主的发展特点及其与消极控制、自主准予、亲子依恋的关系. 北京: 北京师范大学.

刘贤臣, 刘连启, 杨杰等. 1997. 青少年生活事件量表的信度效度检验. 中国临床心理学杂志, 5 (1): 34-36.

刘娅俐. 1995. 孤独与自尊、抑郁的相关初探. 中国心理卫生杂志, 9 (3): 115-116.

马颖, 刘电芝. 2005. 中学生学习主观幸福感及其影响因素的初步研究. 心理发展与教育, 1 (6): 74-79.

莫雷. 1990. 语文阅读水平测量 (一、二、三) (修订版). 广州: 中山大学出版社.

聂衍刚, 丁莉. 2009. 青少年的自我意识及其与社会适应行为的关系. 心理发展与教育, 3: 47-54.

曲可佳, 邹泓, 李晓巍. 2008. 北京市流动儿童的学校满意度及其与师生关系、学业行为的关系. 中国特殊教育, 97 (7): 50-55.

屈智勇. 2002. 中小学班级环境的特点及其与学生学校适应的关系. 北京: 北京师范大学.

屈智勇, 柯锐, 陈丽等. 2006. 小学中高年级班级环境的发展特点//孙云晓, 邹泓编. 良好习惯缔造健康人格——少年儿童行为习惯与人格的关系研究报告. 北京: 新华出版社.

宋乃庆. 2008. 义务教育课程标准实验教科书——数学. 重庆: 西南师范大学出版社.

孙丽谷, 陈春圣. 2006. 国家义务教育课程标准实验教科书——数学 (7~9 年级). 南京: 江苏教育出版社.

孙丽谷, 王林. 2006. 国家义务教育课程标准实验教科书——数学 (1~6 年级). 南京: 江苏教育出版社.

孙绍振. 2005. 义务教育课程标准实验教科书—语文（7~9 年级）. 北京：北京师范大学出版社.

田丽丽，刘旺. 2005. 多维学生生活满意度量表中文版的初步测试报告. 中国心理卫生杂志，19（5）：11-13.

汪向东，王希林，马弘. 1999a. 心理卫生评定量表手册. 北京：中国心理卫生杂志社.

汪向东，王希林，马弘等. 1999b. 心理卫生评定量表手册（增订版）. 北京：中国心理卫生杂志社.

王爱平，车宏生. 2005. 学习焦虑、学习态度和投入动机与学业成绩关系的研究——关于《心理统计学》学习经验的调查. 心理发展与教育，21（1）：55-59.

王娥蕊. 2006. 3~9 岁儿童自信心结构、发展特点及教育促进的研究. 辽宁师范大学博士学位论文.

王娥蕊，杨丽珠. 2006. 3~9 岁儿童自信心发展特点的研究. 辽宁师范大学学报（社会科学版），29（3）：12-13.

王建磐. 2007. 义务教育课程标准实验教科书——数学（初一至初三）. 上海：华东师范大学出版社.

王益文，林崇德，张文新. 2004. 儿童攻击行为的多方法测评研究. 心理发展与教育，20（2）：69-74.

王耘，王晓华，张红川. 2001. 3~6 年级小学生师生关系：结构、类型及其发展. 心理发展与教育，17（3）：16-21.

许祖慰. 1992. 项目反应理论及其在测验中的应用. 上海：华东师范大学出版社.

杨丽珠. 1995. 对幼儿自我控制能力培养的实验研究. 北京师范大学学报（访问学者专辑）.

杨丽珠. 2000. 幼儿社会性发展与教育. 大连：辽宁师范大学出版社. 80-81.

杨丽珠，王娥蕊. 2005. 大班幼儿自信心培养的实验研究. 学前教育研究，（4）：40-42.

杨晓莉，邹泓. 2008. 青少年亲子沟通的特点研究. 心理发展与教育，24（1）：49-54.

姚春生. 1995. 老年大学学员主观幸福感及有关因素分析. 中国心理卫生杂志，9（2）：256-257.

义务教育数学课程标准研制组. 2006. 义务教育课程标准实验教科书——数学（1~6）. 北京：北京师范大学出版社.

义务教育数学课程标准研制组. 2006. 义务教育课程标准实验教科书——数学（7~9 年级）. 北京：北京师范大学出版社.

余嘉元. 1992. 项目反应理论及其应用. 南京：江苏教育出版社.

语文出版社教材研究中心. 2005. 义务教育课程标准实验教科书—语文（7~9 年级）. 北京：语文出版社.

袁立新，张积家，林丹婉. 2008. 班级环境对初中生心理健康的影响. 中国学校卫生，29（1）：59-60.

张厚粲. 2008. 韦氏儿童智力量表第四版（中文版）指导手册. 珠海：京美心理测量技术开发有限公司.

张庆，朱家珑. 2004. 义务教育课程标准实验教科书—语文（1~6年级）. 南京：江苏教育出版社.

张文新. 1999. 儿童社会性发展. 北京：北京师范大学出版社.

张文新. 2002. 中小学欺负/受欺负的普遍性与基本特点. 心理学报，34（4）：387-390.

张文新，武建芬，Jones K. 1999. Olweus 儿童欺负问卷中文版的修订. 心理发展与教育，15（2）：18-22.

张月娟，龚耀先. 2004. 中学生学业能力测验的初步编制. 中国临床心理学杂志，12（1）：1-5.

章志光，金盛华. 1996. 社会心理学. 北京：人民教育出版社.

郑国民，马国新. 2005. 义务教育课程标准实验教科书—语文（1~6年级）. 北京：北京师范大学出版社.

中华人民共和国教育部. 2001a. 全日制义务教育语文课程标准（实验稿）. 北京：北京师范大学出版社.

中华人民共和国教育部. 2001b. 全日制义务教育数学课程标准（实验稿）. 北京：北京师范大学出版社.

周庆元. 2005. 语文教育研究概论. 长沙：湖南人民出版社.

朱智贤. 1989. 心理学大辞典. 北京：北京师范大学出版社.

朱作仁. 1991. 语文测验原理与实施法. 上海：上海教育出版社.

邹泓，李彩娜. 2009. 中学生的学业行为及其与人格、师生关系的相关. 北京师范大学学报（社会科学版），211（1）：52-59.

邹泓，屈智勇，叶苑. 2007. 中小学生的师生关系与其学校适应. 心理发展与教育，15（4）：77-82.

Achenbach T M, Rescorla L A. 2001. Manual for the ASEBA School-Age Forms & Profiles. Burlington, VT：University of Vermont, Research Center for Children, Youth, & Families.

Anderson A, Bushman J. 2002. Human aggression. Annual Review of Psychology, 53（1）：27-51.

Anderson L W, Krathwohl D R, Airasian P W, et al. 2001. A Taxonomy for Learning, Teaching, and Assessing- A revision of Bloom's Taxonomy of Educational Objectives. New York：Longman.

Asher S R, Hynel S, Renshaw P D. 1984. Loneliness in children. child development, 55（4）：1456-1464.

Barber B K. 2001. Intrusive parenting：how psychological control affects children and adolescents. American Psychological Association.

Barber B K, Olsen J E, Shagle S C. 1994. Associations between parental psychological and behavioral control and youth internalized and externalized behaviors. Child Development, 65（4）：1120-1136.

Barnes H L, Olson D H. 1982. Parent-adolescent communication scale//David H L Olson. Family inventories：Inventories used in a national survey of families across the family life cycle. St. Paul：Family Social Science,

University of Minnesota.

Beaver W R, Hampson R. 2000. The behavers systems model of family functioning. Journal of Family Therapy, 22 (2): 128-143.

Birch S H, Ladd G W. 1997. The teacher-child relationship and children's early school adjustment. Journal of School Psychology, 35 (1): 61-79.

Brickenkamp R, Zillmer E. 1998. d2 Test of Attention (First U. S. Edition). Hogrefe & Huber Publisher.

Bronfenbrenner U. 1979. The Ecology of Human Development: Experiments by Nature and Design. Cambridge, MA: Harvard University Press.

Buehner M, Krumm S, Ziegler M, et al. 2006. Cognitive abilities and their interplay, reasoning, crystallized intelligence, working memory components, and sustained attention. Journal of individual Differences, 27 (2): 57-72.

Campbell A C, Converse E P, Rodgers W. 1976. The quality of American life: Perceptions, evaluations and satisfactions. New York: Russell Sage Foundation.

Cantor J, Engle R W, Hamilton G. 1991. Short-term memory, working memory, and verbal abilities: how do they relate? . Intelligence, 15 (2): 229-246.

Cassidy J, Asher S R. 1992. Loneliness and peer relations in young children. Child Development, 63 (2): 350-365.

Colom R, Flores-Mendoza C, Quiroga M Á, et al. 2005. Working memory and general intelligence: the role of short-term storage. Personality and Individual Differences, 39 (5): 1005-1014.

Conchie S M, Donald J J. 2009. The moderating role of safety-specific trust on the relation between safety-specific leadership and safety citizenship behaviors. Journal of Occupational Health Psychology, 14 (2): 137-147.

Coopersmith S. 1967. The Antecedents of Self-esteem. San Francisco: W. H. Freeman.

Dalbert C. 2001. The justice motive as a personal resource: Dealing with challenges and critical life events. New York: KluwerAcademic/Plenum Publishers.

Dalbert C, Montada L, Schmitt, M. 1987. Glaube an eine gerechte welt als motiv: validierungskorrelate zweier skalen. Psychologiscal Beitrage, 29 (4): 596-615.

Daniel K, Alan B K. 2006. Developments in the measurement of subjective well-Being. Journal of Economic, 20 (1): 3-24.

Darling N, Steinberg L. 1993. Parenting style as context: an integrative model. Psychological Bulletin, 113 (3): 487-496.

Diener E, Emmons R A, Larsen R J, et al. 1985. The satisfaction with life scale. Journal of Personnaity, 49 (1): 5-71.

Diener E, Suh E M, Lucas R E, et al. 1999. Subjective well-being: three decades of progress. Psychological Bulletin, 125 (2): 276-302.

Dings J, Childs R, Kingston N. 2002. The Effects of Matrix Sampling on Student Score Comparability in Constructed- response and Multiple-choice Assessments. Washington DC: Council of Chief State School Officers Research Report.

Engle R W, Tuholski S W, Laughlin J E, et al. 1999. Working memory, short-term memory, and general fluid intelligence: a latent-variable approach. J Exp Psychol Gen, 128 (3): 309-331.

Fitzpatrick M A, Ritchie L D. 1993. Communication theory and the family//Boss P, Doherty W, LaRossa R, et al. Sourcebook of family theories and methods: A contextual approach. New York: Plenum.

Fowers B J, Olson D H. 1989. ENRICH marital inventory: a discriminant validity and cross- validity assessment. Journal of Marital and Family Therapy, 15 (1): 65-79.

Grych J H, Seid M, Fincham F D. 1992. Assessing marital conflict from the child's perspective: the children's perception of interparental conflict Scale. Child Development, 63 (3): 558-572.

Hestenes S L. 1996. Early and middle adolescents' trust in parents and friends. Ph. D. dissertation, Purdue University, United States.

Horton A M N. 2000. Book and Test Review. Archives of Clinical Neuropsychology, 15 (6): 555-557.

Huebner E S. 1994. Preliminary development and validation of a multidimensional life satisfaction scale for children. Psychological Assessment, 6 (2): 149-158.

Hughes J N, Cavell T A, Jackson T. 1999. Influence of the teacher -student relationship on childhood conduct problems: a prospective study. Journal of Clinical Child Psychology, 28 (2): 173-184.

John-Steiner V, Mahn H. 1996. Sociocultural approaches to learning and development. Educational Psychologist, 31 (3/4): 191-206.

Jonassen D H, Wang S. 1993. Acquiring structural knowledge from semantically structured hypertext. Journal of Computer - Based Instruction, 20 (1): 1-8.

Jones W H, Carver M D. 1991. Adjustment and coping implications of loneliness. //Snyder C R, Forsyth D R. Handbook of social and clinical psychology. New York: Pergamon.

Kluckhohn C K M. 1951. Value and value orientation in the theory of action: an exploration in definition and classification//Parsons T, Shills E A. Toward a General Theory of Action. Cambridge, MA: Harvard University Press.

Krumm S, Schmidt-Atzert L, Michalczyk K, et al. 2008. Speeded paper-pencil sustained attention and mental speed tests: can performance be discriminated? . Journal of individual differences, 29 (4): 205-216.

Ladd G W. 1990. Having friends, keeping friends, making friends, and being liked by peers in the classroom: predictors of children's early school adjustment. Child Development, 61 (4): 1081-1100.

Lerner M J, Miller D T. 1978. Just world research and the attribution process: looking back and ahead. Psychological Bulletin, 85 (5): 1030-1051.

Leventhal T, Brooks-Gunn J. 2000. The neighborhoods they live in: the effects of neighborhood residence upon child and adolescent outcomes. Psychological Bulletin, 126 (2): 309-337.

Lin S. 2001. The influence of family connection, regulation, and psychological control on chinese adolescent development. Unpublished Doctorial Dissertation. the University of Nebraska.

Marsh H W, Barnes J, Hocevear D. 1985a. Self-other agreement on multidimensional self-concept rating: factors analysis and multitrait-multimethod analysis. Journal of personality and social psychology, 59 (5): 1360-1377.

Marsh H W, ShaveLson R. 1985b. Self-concept: its multifaceted hierarchical structure. Educational Psychologist, 20 (3): 107-123.

Marsh H W, Byne B M, Shavelson R J. 1988. Amultifaceted academic self-concept: Its hierarchical structure and its relation to academic achievement. Journal of Educational Psychology, 80 (3): 366-380.

Miller I W, Ryan C E, Keitner G I, et al. 2000. The McMaster approach to families: theory, assessment, treatment and research. Journal of Family Therapy, 22 (2): 168-189.

Montes S D, Irving P G. 2008. Disentangling the effects of promised and delivered inducements: relational and transactional contract elements and the mediating role of trust. Journal of Applied Psychology, 93 (6): 1367-1381.

Mullis I V S, Kennedy A M, Martin M O, et al. 2006. PIRLS 2006 Assessment Framework and Specifications. Second ed. Chestnut Hill, MA: Boston College, TIMSS & PIRLS International Study Center.

Mullis V S, Martin M O, Smith TA, et al. 2003. TIMSS Assessment Frameworks and Specifications 2003 (2nd Edition). Chestnut Hill, MA: Boston College, TIMSS & PIRLS International Study Center.

Mussen P H, Conger J J, Kagan J, et al. 1990. Child Development and Personality (7th ed.). New York: Harper & Row.

NAGB. 2006. Reading Framework for the 2007 National Assessment of Educational Progress. Washington, DC: Author.

NAGB. 2008. Reading Framework for the 2009 National Assessment of Educational Progress. Washington, DC: Author.

OECD. 2003. The PISA 2003 Assessment Framework: Mathematics, Reading, Science and Problem Solving Knowledge and Skills. Paris: OECD.

OECD. 2004. Learning for Tomorrow's World – First Results from PISA 2003. Paris: OECD.

OECD. 2006. Assessing scientific, reading and mathematical literacy: A framework for PISA 2006. Paris: OECD.

Olson D H. 2000. Circumplex model of marital and family systems. Journal of Family Therapy, 22 （2）. 144-167.

Olweus D. 1993. Bullying at school: What we know and what we can do. Oxford: Blackwell.

Peterson R L, Skiba R. 2001. Creating school climates that prevent school violence. Clearing House, 74 （3）: 155-163.

Pianta R C. 2001. Student-Teacher Relationship Scale. Professional manual. Lutz, FL: Psychological Assessment Resources.

Pianta R C, Nimetz S L, Bennett E. 1997. Mother-child relationships, teacher-child relationships, and school outcomes in preschool and kindergarten. Early Childhood Research Quarterly, 12 （3）: 263-280.

Pianta R C, Steinberg M. 1992. Teacher child relationships and the process of adjusting to school. New Directions for Child Development, 57 （2）: 61-80.

Rahe R H, Meyer M, Smith M, et al. 1964. Social stress and illness onset. Journal of Psychosomatic Research, 18 （1）: 35-44.

Robinson C C, Mandleco B, Olsen S F, et al. 1995. Authoritative, authoritarian, and permissive parenting practices: development of a new measure. Psychological Reports, 77 （3）: 819-830.

Rosenberg F R, Rosenberg M. 1978. Self-esteem and delinquency. Journal of Youth and Adolescent, 7 （3）: 279-294.

Shaffer D R. 2000. Social & Personality Development. （4th ed. ）. CA: Wadsworth /Thomson Learning.

Shavelson R J, Hubner J J, Stanton G C. 1976. Self-concept: validation of construct interpretations. Review of Educational Research, 46 （3）: 407-441.

Shek D T. 2002. Family functioning and psychological well-being, school adjustment, and problem behavior in Chinese adolescents with and without economic disadvantage. Journal of Genetic Psychology, 163 （4）: 497-500.

Shin D C, Johnson D. 1978. Avowed happiness as an overall assessment of the qualityof life. Social Indicators Research, 5 （4）: 475-492.

Van Horn M L, Jaki T, Masyn K, et al. 2009. Assessing differential effects: applying regression mixture models to identify variations in the influence of family resourceson academic achievement. Developmental Psychology, 45 （5）: 1298-1313.

Wispe L G. 1972. Positive form of social behavior: an overview. Journal of Social Issues, 28 （3）: 1-19.

Wu P, Robinson C C, Yang C, et al. 2002. Similarities and differences in mothers' parenting of preschoolers in China and the United States. International Journal of Behavioral Development, 26 （6）: 481-491.

Young S K. 1996. Internet Addiction: The emergence of a new clinical disorder. 104th annual meeting of the American Psychological Association. Toronto, Canada, August 15, 1996.

Zhou Q, Eisenberg N, Wang Y, et al. 2004. Chinese children's effortful control and dispositional anger/frustration: Relations to parenting styles and children's social functioning. Developmental Psychology, 40 (3): 352-366.

Zhou Q, Wang Y, Eisenberg N, et al. 2008. Relations of parenting and temperament to Chinese children's experience of negative life events, coping efficacy, and externalizing problems. Child Development, 79 (3): 493-513.